Shizuru,
Sadik &
Ishaq
「黒衣の皇子に囚われて」

黒衣の皇子に囚われて

華藤えれな

キャラ文庫

この作品はフィクションです。
実在の人物・団体・事件などにはいっさい関係ありません。

目次

口絵・本文イラスト／Ｃｉｅｌ

プロローグ

あざやかな月夜の、それは夢のような出逢いだった。

地中海を見下ろすような丘の上に建った古代円形劇場。夏の間、連日、コンサートや演劇が催され、大勢のヴァカンス客が詰めかけている。

その日も、地元南フランスのプロヴァンス室内管弦楽団によるクラシックの演奏会が予定されていた。

曲目は、リムスキー=コルサコフの交響組曲『シェヘラザード』。夏の夜にふさわしいロマンティックで甘美な千夜一夜物語の音楽である。

休みの間、特別ゲストとして、その管弦楽団に参加することになった志弦《しずる》は、『シェヘラザード』の官能的なソロを演奏することになり、ふだんよりも緊張していた。

——がんばらないと。ひとつの演奏会の成功が、次のステージにつながるのだから。

自分にそう言い聞かせ、ヴァイオリンを手にステージへと赴く。

真山《まやま》志弦、二十三歳。

パリにある音楽学院の器学科に留学中の学生だが、二カ月前に参加した大きな国際コンクールで二位になったのを機に、少しずつ交響楽団や室内楽団のゲストとして招待される機会が増えた。

しかしそうした活動を、学院で師事している師匠のマチアスはよく思っていなかった。

『志弦、きみの場合、その美貌《びぼう》に興味を抱き、仕事の依頼をしてくる者が多い。だが、ちやほやされ、タレントまがいの演奏家になってしまうには惜しい才能だ。ヴィルトオーソ——名人と呼ばれるときが必ずくる。だから今のうちに地道に技術を磨くんだ』

彼の言いたいことは理解できる。けれど。

『確かに、私はその領域を目指しています。ですが、観客の反応によって鍛えられることもあります。人前で演奏することで、わかることも多いはずですし、ちやほやされたとしても、私は自惚《うぬぼ》れる性格ではありません。それに来期は、奨学金も切れ、留学費用を自分で用意しないといけませんので』

志弦はそう言い切り、夏休みの間、演奏活動をすることにしたが、師匠はなおも執拗《しつよう》に反対した。

『金のことは、気にするな。生活くらい面倒をみてやる。みんな、きみの外見しか見ていない。華やかで神秘的な風貌、誇り高そうな風情《ふぜい》。きみほど舞台映えする容姿の人間はいない。仕事が舞いこむのはそのせいだよ。残念ながら実力ではない』

美貌、華やかな外見……。

それは幼い頃から、志弦にとって重い十字架のようなものだった。父も母もモデル出身の役者。美男美女の夫婦として注目を浴びているさなか、ふたりして交通事故で亡くなった。

彼らの忘れ形見ということ、それに両親ゆずりの風貌も加わり、日本では無駄に注目され、妙な噂《うわさ》を立てられることが多かった。

学内コンサートのソリストに選ばれたり、いい成績をおさめたりすると、顔と躰《からだ》で講師にとりいったと言われ、コンクールに優勝したときも審査員を色仕掛けで落としたと囁《ささや》かれた。

実際、誘いが多かったのも事実だ。

パトロンになりたいという男女。将来を保証してあげるから、自分とつきあわないかという誘惑の声の数々。

そんな環境に辟易《へきえき》し、大学卒業後、志弦はコンクールの奨学金をもとにフランスに留学して、講師として名高いマチアスに師事した。それから一年、ひたすら技術を磨き、コンサート活動の誘いもくるようになってきていたのだが、奨学金の給付期間がまもなく終わろうとしていた。

このままだと留学が続けられない。だからといって師匠の世話にはなれない。気持ちはありがたいが、まわりに彼の愛人だと勘違いされる可能性が高い。

それは絶対にいやだった。これまでのあらぬ噂を肯定してしまうことになる。

誰の世話にもならない、どんな甘い誘いにも乗らないというのが自分のプライドだった。

そのため、同級生からは、お高くとまっていると勘違いされ、容姿を鼻にかけた性格の悪い男として友達のひとりもいなかった。

それはそれで淋《さび》しくはあった。

だがなによりも早く自力で仕事を摑《つか》めるようになりたかった。だから夏の間は南フランスの楽団での仕事をひきうけることにしたのだ。

そしてその夜のコンサートでは、大喝采《だいかっさい》をうけ、志弦は何度もカーテンコールをうけた。ブラボォの嵐《あらし》。大勢の観客の熱い声援。プロとしてやっていけるかもしれないという確信と、演奏終了後の解放感に満たされながら控え室に戻った。しかしディレクターから『やめて欲しい』と言われ、天国から一気に地獄に突き落とされた。

「きみは、ソリストを目指しなさい。他のヴァイオリニストから、きみとはやりたくないという声があがって」

契約の打ち切り？　自分のなにが悪いのか。また容姿のせいなのか？

憂鬱《ゆううつ》な気持ちで帰路につこうとしたそのときだった。劇場の裏口で、志弦は、薔薇《ばら》の花束を抱えた白いアラブ服姿の男性から声をかけられた。

「失礼ですが、真山志弦さんですか？」

流暢《りゅうちょう》なフランス語。端整な風貌の若いアラブ人だった。

「え、ええ、私が真山志弦ですが」

シャープな顔の輪郭、切れ長の双眸《そうぼう》。その腕には、ほんのりと紫がかった薔薇の花束。すらりとした長身に、ひと目で上質だというのがわかる耀《かがや》くような装束。

「すばらしい旋律でした。今夜、あなたの演奏を聴くため、ファラージュから地中海を渡ってきましたが、その甲斐《かい》がありました」

ファラージュ……？

地中海を越えたむこうにある中東の小さな王国名だ。石油と天然ガス資源に恵まれた豊かな専制君主国だと聞いているが、この男は高位の貴族か政府の高官だろうか、音楽を聴くためにわざわざ海を渡ってくるとは……。

「どうもありがとうございます」

軽く会釈した志弦に、男は薔薇の花束を差しだした。

「どうぞ」

上品で優しい色彩の花束。噎《む》せるような甘い薔薇の香りが鼻腔を撫《な》でていく。

「ありがとうございます」

「あなたにお会いすることができてよかった。一日だけの自由な外出が許可されたので、どうしてもあなたの音楽が聴きたくて、飛行機を出したのだが」

一日だけの外出許可？

やはり高貴な身分の王族か、貴族か。確かに、優艶《ゆうえん》な物腰、不遜《ふそん》そうな口元、そこにいるだけでまわりを威圧するような、支配者然としたオーラ。この男がただ者ではないことは見ただけでわかる。

「あなたの音楽をじかに聴くことができ、夢のように幸せな気持ちになりました。千夜一夜の甘い幻影に酔うことができて」

「あの……ですが、私はそんなたいした演奏家ではなくて」

誰か有名な東洋人アーティストと間違えているのではないだろうか。白分はまだソリストとして名が通ってはいない。

とまどい気味に睫毛《まつげ》を揺らして顔を見あげた志弦に、彼は淡い微笑を見せた。

「私も拝聴したのは、数回だけです。初めは、二カ月前の、音楽コンクール本選のラジオ放送でした」

「パリでのコンクール。あれをお聴きになられたのですか」

「ええ、あれ以来、あなたの奏でる音楽は、私の救いとなっています」

「……救い？」

「ええ。あんなにも、まっすぐで透明で、それでいて力強い音楽は初めてでした。聴いていると、幸せな気持ちになり、前に進もうと勇気づけられました」

「ありがとうございます」

もし彼の言葉が日本語だったら、照れくさくてうまく返事ができなかったかもしれない。

しかしフランス語で語られるそれは、母国語でない分、心地よい誉め言葉となって素直に「ありがとう」と伝えることができた。

「あんな音楽を演奏する人物は、一体、どんな姿をした音楽家なのかずっと知りたくて……今夜は緊張しながら会場にやってきましたが、演奏されている姿をじかに見ることができてよかった。強さだけではなく、凛《りん》とした美しさも備えた方だと知ることができて」

名前も音楽も知っている。

それなのに、容姿を知らなかったという彼の言葉が少し不思議だった。調べれば、雑誌やテレビ、インターネットで幾らでも知ることができる。

それとも、ファラージュ王国はそうしたものと無縁の国なのだろうか。

淡い疑問が湧いてきたとき、彼の背後に黒塗りの大型車が現れ、なかから数人のアラブ服姿の男が出てきた。護衛だろうか。ずいぶんと物々しい雰囲気だ。

そのうちのひとりが彼に声をかける。

「……サディク……」

アラビア語？　会話の内容はまったく理解できない。ただその重苦しい様子から、やはりここにいる男が高貴な身分の人間で、お忍びできているのだということはわかった。男は目を眇《すが》めて首をかしげ、背後にいる男になにか話しかけたあと、すっと志弦の手をとった。

「これからのご活躍を心よりお祈りします」

西洋の騎士が淑女にするように軽く手の甲にくちづけされる。

男が男にということに、一瞬とまどったものの、純粋なファンからの賞賛だと捉え、素直に笑顔をむけた。

「……どうもありがとうございます」

「あなたが音楽同様に美しい人でよかった。私は一目で恋に落ちました」

「え……」

「コンクールで演奏されていたソロやコンチェルトも、いつか耳にできる日を楽しみにしています。せめてその気持ちだけでも伝えたくて、失礼かと思いましたが、裏口で待たせて頂きました。迷惑だったら申しわけありません」

「とんでもない。自分の音楽を好きだと言って頂いて、どれほど嬉しいか」

幸せな気持ちになる。楽しみにしている。そう言われることこそ最大の喜びだ。

「ありがとうございます。今夜のことは一生忘れません」

男はやわらかな笑みをむけてそう言うと、さっとアラブ服を翻して志弦に背をむけた。

アラブ服姿の護衛が彼を取り囲んだため、姿が見えなくなってしまった。

一体何者なのだろう。

『すばらしい旋律でした。今夜、あなたの演奏を聴くため、ファラージュから地中海を渡ってきましたが、その甲斐がありました』

あんなふうに誉め称《たた》えられたのは初めてだった。

ルックスだけ。実力ではない。躰でコネを作っている。

実力よりも容姿が先行していると言われ、現れるのはパトロン希望者ばかり。

コンクールで優勝しても、その陰に審査員との爛《ただ》れた関係あり――と週刊誌に書き立てられ、祖母をひどく哀しませたこともあった。

両親亡きあと、志弦は五歳のときに信州の旧家だった母方の祖母にひきとられた。

多忙な両親に放置されて育ったため、他人に甘えることが苦手な無愛想な子供だった。

子役タレントにと誘われたこともあったが、志弦のあまりの無反応ぶりに『かわいげのない子供だ』『子供らしさに欠けてる』と囁かれ、話は立ち消えになったらしい。

かわいげがないと言われるたび、自分の居場所がないような気がして、余計に内気な子供になってしまった。そんな志弦を心配し、両親亡きあと、ひきとってくれた祖母は近所にあったヴァイオリン教室に連れて行ってくれた。

ヴァイオリン。音楽はとても好きだった。自分から話をしなくても、弦がいろんなことを語ってくれる。

だから熱心に練習した。喜怒哀楽を表すことが苦手だった志弦にとって、唯一の感情表現の場だったのだ。

『志弦、おまえには音楽の才能があるみたいよ。おまえの演奏するヴァイオリンは、音がとても美しくて、聴いていて幸せな気持ちになる』

祖母からそう言われ、志弦は、音楽の道を志すことにした。ようやく居場所が見つかったように感じられて。彼女が亡くなるときは『絶対にプロになって、世界のひとが幸せな気持ちになるような演奏をする』と誓った。

それ以来、懸命に努力してきた。

フランスに留学してからは日本にいたとき以上に。

しかしそれでも先行するのはルックスのことばかりだった。どれほどコンクールで賞をとっても、どれほど演奏会に出ても。

それだけに、今のアラブ人男性の言葉がどれほどの励みとなることか。

——ありがとう、と言うのは、私のほうです。あんなふうに言って頂けて、私は自分に少し自信がもてました。

がんばろう、前に進んでいこう。そんな喜びを胸に、その夜は幸せな気持ちで過ごすことができた。馨《かぐわ》しい薔薇の芳香に包まれながら。

砂漠にある神秘的な王国ファラージュ。

その国の名は志弦にとって特別な異境となった。

一年後、まさか自分がそこに住むことになるとは、このときは夢にも思わず。

1　砂漠の国

夜明け前の町に、響き渡る荘厳なアザーンの声。アッラーフ・アクバル——神《アッラー》は偉大なり——目覚まし代わりにしている朝の祈りを呼びかける声だった。

「もう……朝か」

志弦はブランケットをよけながらゆっくりとベッドのなかで半身を起こした。十二畳ほどの簡素なワンルームには水色のカーテンを貫いて、朝の日差しが入りこんでいる。

昨夜は、なつかしい夢を見ていた。一年前の夏、南フランスの野外劇場で、この国の皇子に花束をもらったときの。

——夢のような時間だった。初対面のひとに、演奏を好きだと言ってもらえて……あんな嬉しいことはなかった。

幸せな夢の余韻を抱えながらベッドから降り、冷蔵庫からミネラルウォーターを出して飲もうとしたとき、志弦は床に一直線に伸びる黒い筋に目を細めた。

蟻《あり》の隊列だった。

「また……か」

いつものように流し台に置いた殺虫スプレーを手にとり、さっと床に撒《ま》くと、一斉に蜘蛛《くも》の子を散らしたようにどこかに霧散する。

アザーンの声で目を覚まし、朝一番に殺虫スプレーを撒く。これが砂漠の国ファラージュでの、志弦の日課のひとつとなっていた。

といっても、志弦が下宿しているのは決して古めかしい建物ではない。ファラージュ王国で働いている外国人専用のモダンなアパルトマンである。それなのに、どこからともなく入りこみ、日々、黙々と隊列を作っている蟻たち。

——この図太さ、生命力はたいしたものだ。見習うべきかもしれない。

感心しながら蟻を追い払ったあと、素早く仕事に行く用意をする。

白いシャツ、麻のスラックスに身を包み、書類ケースと車のキーを手に部屋を出ようとして、志弦は足を止めた。

「そうだ、今日は王宮の祝賀会の稽古《けいこ》をしようと思っていたんだった」

週末にある宮廷行事。そこで一曲演奏する予定になっている。

志弦は戸棚から、使い古されたヴァイオリンケースをとりだした。乾燥地では、楽器の保存状態が悪くなる。空調でできるだけ工夫して楽器の状態をキープしているが、ヨーロッパに比べるとファラージュでの状態はよくない。

——今日は弦を替えて、様子を確かめよう。

ヴァイオリンケースを肩から提げ、外に出る。地中海のあざやかな陽の光が目に眩《まぶ》しい。志弦は車を運転し、勤務先の日本人学校へとむかった。


ファラージュ王国。

イスラム教を国教とした古い歴史をもつ専制君主国である。

国土の大半が砂漠で覆われているが、首都ダーナのまわりにはオアシスが点在し、その豊かな水源のおかげで千年以上前から隊商の要衝として栄えてきた。数百年前は、イスラム系の学術都市としても、音楽や演劇を中心とした芸術都市としても繁栄したらしい。

知性と文化と経済。そのすべてで栄えてきたコスモポリス——ダーナは、夕陽に照らされる時刻に、すうっと高く聳《そび》えたモスクの尖塔《せんとう》が薔薇色に耀くことから、薔薇の古都と呼ばれて国民から愛されていた。

大勢の大道芸人の集まる大広場や入り組んだ古めかしい路地、グラン・バザールが集まった旧市街は石造りの城壁で囲まれ、世界中からの観光客でにぎわっている。

そうした昔ながらのエリアとは対照的に、志弦が暮らしている新市街は、今世紀になって開発されたモダンな市街地である。政府の建物や企業、各国大使館が建ち並び、外国人が多く住んでいる。

かつてはフランスの植民地だった関係から、今もフランス系の企業が多いのが特徴的だが、先年、砂漠の一角から石油や天然ガスが発見されたあとは、一気に経済的な注目を集める国家となり、世界中の企業が集まってきていた。

ご多分に漏れず、日系企業も進出し、新市街の一角には、駐在中の日本人家庭の子女が通う日本人学校も敷地を広げている。そこで、志弦は音楽講師をつとめていた。

アラブ服姿の男性から薔薇の花束をもらったあの一年前の夏のコンサートのあと、パリに戻って少ししてから突発性の難聴になり、志弦は演奏活動の現場から身をひくことになった。

その後、大使館員からの推薦で、このファラージュ王国にある日本人学校に採用され、半年が過ぎようとしている。

「おはようございます」

教員室に入り、授業の教材の準備をしていると、校長が声をかけてきた。

「真山先生、週末には、王宮で祝賀会があります。子供たちの合唱の指導、よろしくお願いします。あと、それから真山先生のソロもどうかくれぐれも……」

「承知しております」

今週末、旧市街の丘陵にある王宮で、国王の誕生日を祝うパーティがある。

その会場に、この学校に通う子供たちが『小さな親善大使』という形で招待されていた。そしてその場で、日本の愛唱歌の合唱を行うことになっていた。

楽曲は、定番の『さくらさくら』と『朧月夜《おぼろ》』に加え、砂漠の国ということで『月の砂漠』が選ばれていた。そのあと、志弦もヴァイオリンでなにか一曲演奏して欲しいとたのまれたので、マスネの『タイスの瞑想曲《めいそうきょく》』を演奏することにした。

──まだ左耳は……聞こえない。今は……もう以前のような演奏はできないけれど。

心をこめて演奏しようと思っていた。日本とこの国の友好のために演奏して欲しい……と言われたとき、自分のためではなく、もっと違った目的のためになら、なにか演奏できそうな気がしたのだ。

「それでは授業に行って参ります」

志弦は職員室をあとにした。廊下に出たとき、ふっと女性教師の声が耳をかすめる。

「真山先生のソロか。私も聴きたいな。彼、難聴がなかったら、美貌のソリストとして、今頃、雲の上の人になっていたかもしれないんだから」

「だめですよ、真山先生は。引退の本当の理由は、師匠とのスキャンダルが原因なんですから。あんな事件を起こしては……もうプロのソリストとして活躍する場はないでしょう」

残念そうに言われ、志弦は視線を落とした。左耳は聞こえないものの、右耳だけでも他人よりも聴力のいい志弦は、こうした噂話をよく耳にしてしまう。

「もったいない話ね。あんなに綺麗で、才能もあるのに」

「ああ、さすがにこの国にいると耳に入ってくることも少ないけど、日本でもヨーロッパでもけっこうな騒ぎだったらしい。彼が師匠の愛人をしていたのはクラシック界では有名な話だ。今後、ソリストとして表舞台に立っても好奇の目で見られるだろうね」

スキャンダル、好奇の目、師匠の愛人だった……。

たとえこの耳が治ったとしても、この先、プロとして活動していくのは難しいだろう。

志弦は唇を噛《か》みしめ、泣きたくなる気持ちをこらえた。

――もう忘れよう。忘れないと。つまらない噂やスキャンダルに負けたくない。そんなことで人生を無駄にしたくない。

耳が聞こえないのは仕方ない。だからこそこの国で音楽講師として生きて、音楽を教えていくと決めた。

そうするからには、この道を精一杯究めていくのが今の自分にできることだ。

志弦は自分にそう言い聞かせたあと、子供たちの待つ教室へとむかった。

「おはようございます。今日は、合唱の練習をします。ピアノの前に並んでください」

子供たちに音楽を教える毎日。生徒は小学一年生から中学三年生まで。大使館員の他に技術者や商社マンの子女が中心となり、日本の義務教育とほぼ同じカリキュラムで授業が行われ、さらに週に二度、公用語のアラビア語とフランス語の授業も行われている。

彼らに混じり、志弦もアラビア語の授業を受講していた。

まだ中学生英語くらいのレベルだが、日常会話には困らなくなった。他にもイスラム教、アラブの歴史なども学んでいる。

最近では、この学校の講師の仕事以外に、ピアノやヴァイオリンの個人レッスンの仕事も増えてきた。日本人家庭の子女を始め、西洋音楽を習いたいというファラージュ貴族の子弟など。

──仕事が増えるのは嬉しい。もう以前のような演奏はできないが、せめて音楽の楽しさやすばらしさを子供たちに教えることができたら。

一年前の夏、あの花束をもらったコンサート会場からパリに戻った志弦は、今後の進退について改めてマチアスに相談してみた。

わずかだがコンサートで手にした出演料。それと貯金が尽きる前に生活費と学費の目処をつけておきたかったのだ。

しかし演奏活動に反対していた彼は、何とか志弦を説得しようとした。そして。

『パトロンでも見つけたのか？　誰かの愛人になって金を出してもらうんだろう』

『まさか。なにをおっしゃるんですか。私がそんなことをする人間だと？』

師匠のあらぬ誤解に、胸がはり裂けそうになった。そんなふうに見られていたなんて。

『すまない、きみが好きなんだ、だから心配で。これまでどの弟子よりも優先して、かわいがってきたのもきみが好きだからだ。でなければ、こんなに目をかけたりはしないよ』

さらにマチアスにそんなふうに告白され、激しいショックをうけた。

容姿よりも実力が大事。まわりは外見で集まってくるだけ。技術を磨くことが大事……と主張していたマチアスでさえ、自分にそのような感情を抱いていたとは。

『いくらでもチャンスをあげる。志弦、だから私の恋人になってくれ』

『いやです。私にはそのような気持ちはありません。師弟以外の関係を求められるのであれば、ここを去るしかありません』

冷たい態度でそう伝えると、彼は逆上してしまった。

あとで知ったことだが、夏の間に体調を悪くしたマチアスは、自身の余命がそう長くないと知り、精神的に追い詰められていたらしい。

そんなことに気づきもせず、志弦は彼を切り捨てるような冷たい態度をとってしまった。

愛弟子が自分から離れると思ってショックをうけたマチアスは、志弦のヴァイオリンをマンションのバルコニーからたたき落とそうとした。

頭が真っ白になった。音楽家として誇り高い師匠がよりによって楽器を壊そうとするなんて——。

『やめてくださ……っ』

とっさにその手からヴァイオリンをとり戻そうとしたときにぶつかり、古い手すりがぐらりと揺れたかと思うと、勢いあまってマチアスは手すりごと地面に落下してしまった。

場所は四階。西欧での四階は日本での五階にあたる。

通りを歩いていた人たちの絶叫。崩壊したヴァイオリンに、折り重なるように倒れていたマチアス。広がっていく血……。

なにが起きたのかわからず、志弦はただ呆然《ぼうぜん》と下を覗くことしかできなかった。

『ふたりが言い争ってました。この日本人が突き落としたに決まってます』

隣人が聞いていたふたりの口論をきっかけに、志弦は過失傷害致死容疑で逮捕された。

しかしその後、むかいのマンションの人間の証言がもとになり、マチアスの死は事故と判断されて、志弦は半月ほどで釈放されることになったが。

『きみとの仕事の話はなかったことにしてくれ』

予定していた仕事はすべてキャンセル。連日、マスコミに追い回される日々。

高名な音楽指導家と、新進のヴァイオリニストの愛憎のもつれた不可思議な殺人事件として、世間の興味をそそったのだ。

世間の騒ぎもショックだったが、なにより自分のせいで恩師を追い詰めたこと、その想いに気づくことがなかった自身への罪悪感に嘖《さいな》まれた。

目を瞑《つむ》れば、壊れたヴァイオリンと、折り重なるように倒れていた彼。

演奏会どころか、ヴァイオリンに触るのにも勇気がいった。

学院を退学し、ただ下宿に閉じこもるだけの日々。なけなしの貯金を切り崩して酒を飲み耽《ふけ》り、なにをするわけでもなく、寝ては飲み、飲んでは寝るような毎日を過ごしていた。

だがどんなに飲んでも、心が軽くならない。いつも理性が頭のなかで働き、こんなことくらいで負けてどうするのか……と、己に問いかけてくる声がある。

そんなあるとき、志弦は急に左耳が聞こえなくなっていることに気づいた。

突発性の難聴。原因はよくわからない。ヴァイオリニストとして致命的な状態。このままだと演奏活動ができない。

いつ治るかわからないと医師に告げられたとき、すうっと躰が軽くなるのを感じた。よかったのかもしれない。これでよかった……。

別の仕事をさがそう。もう演奏家としての道はあきらめよう。どうせ祖母もいないのだから、無理に続けることもない。醜聞やあらぬ噂に噴まれるのはまっぴらだ。

そんなふうに思っていたとき、フランスの大使館員から、日本人学校の音楽講師になってみないかと誘われた。

『中東の日本人学校でフランス語ができる日本人の音楽講師をさがしています。私は事件の経緯を知っているので、あなたに非がないのは承知していますが、今のままだと帰国してもパリにいても辛《つら》いだけだと思います。ほとぼりがさめるまで行ってみたらどうでしょうか』

片耳が聞こえないのに講師なんてできない。そう思って、断ろうとしたとき、大使館員の言葉に、志弦の胸は大きく騒いだ。

『行き先はファラージュ王国です』

ファラージュ――――!　あのアラブ男性の国だ。ファラージュから地中海を越えてやってきたと話していた。

『あの国はフランスの植民地だった関係から、西洋的な感覚が通用します。ただし砂漠が多くて、都市部以外は住めたものではないようですが、学校があるのは首都のダーナですから。ダーナはすっかり近代化され、日本やニューヨークなどとそう変わりませんよ』

そこに行けばまた彼に会うことができるだろうか。いや、演奏のできない今、会うことはないだろう。それでも自分の音楽を好きだ、救いにしていると言ってくれた人がいる国というだけで、なにかしら己の居場所があるような気持ちになる。そこに行ってもいいような、そこならば安心できるような気持ちに。

救われたいのか、それとも逃げたいのか――――答えがわからないまま、志弦はファラージュにむかう決意をしたのだった。


「――それでは、今日の授業はここまで。週末まで、明日から毎日、放課後に合唱の練習をしますので楽譜を忘れないように」

昼休みになり、志弦は授業を終えた。子供たちは、週末に王宮に行くのを楽しみにしている様子だった。練習も熱心にとりくんでいるので教えるのも楽しい。

今日の午後は、王族のひとりにピアノの個人レッスンをする予定が入っていた。

サディクという皇子——あのとき、花束をくれた彼である。

迎えの車がくるまで、祝賀会で演奏する曲のチェックをしよう。

そう考えて音楽室に入り、ヴァイオリンに手を伸ばしたとたん、胃に痛みが疾《はし》った。

続いて激しい耳鳴り。動悸《どうき》。

「……っ」

きりきりと胃の奥が軋《きし》むのを感じ、志弦は壁に手をついた。

手すりが壊れ、落下していく恩師。その死の光景。逮捕、拘留、騒ぎ……。忘れよう忘れようとしても、ヴァイオリンに触れるとどうしても思い出してしまう。

——だめだ、前に進まないと。一からやり直すと決めたのだから。

己にそう言い聞かせると、志弦はヴァイオリンの弦の調節を始めた。しばらくすると、女性職員がノックとともに現れた。

「志弦先生、王宮からいつものお迎えがきています」

「はい、今、行きます」

ヴァイオリンをケースに入れ、志弦は廊下に出た。出口にむかう途中、校長が近づいてくる。

「先生、週末の祝賀会では、以前にコンクールで演奏されたような超絶技巧のヴァイオリンを演奏して頂けるんですか？」

「え……」

「国王がきみのコンクールでの動画をネット上で見たとかで、それできみにあのときのような演奏をして欲しいと大使館側に言ってきたそうなんだ」

「ですが、私は耳を悪くしていて……」

「大使館の担当者も事情を説明したんだが……話が通じなくてね。祝賀会には世界各国からの要人が招待されるし、その様子はテレビ放映される。国王は、ファラージュ在住のアーティストとしてきみを紹介するつもりらしい」

「いいんですか、私はパリで事件を」

「承知の上だ。無罪だったのだから、なにも問題ないとおっしゃっている。きみがそれだけの演奏をすれば、政府文化部の顧問として政府高官並みの待遇をすると言ってくれている」

この国のアーティストとして……。

志弦は当惑しながらも苦笑した。どこにも演奏する場所はない、もう演奏家になるのはやめよう。そう考えてこの国にやってきたというのに。

――政府高官並みの待遇……か。

そんなものは望んでいないし、どうして自分がこの国の王のためにそこまでの演奏をしなければならないのか。

あとで大使館に電話を入れて、それはできないと丁重に断ろう。

そんなふうに考えながら志弦は正門前の黒塗りのリムジンにむかった。

リアシートに乗ると、車は近代的な新市街を出発し、堅牢な城塞に囲まれた旧市街に入っていった。

千年以上の歴史をもつ旧市街は、モスクやスークや路地が雑然とひしめきあい、建物はすべて赤褐色の煉瓦《れんが》壁で統一されている。ロバを連れて金物を売る少年や水煙草《みずたばこ》をくゆらせている老人たち、蛇を使った手品を披露する大道芸人や円を組んで踊る人々。見ていると、イスラムの古い迷宮都市に迷いこんだような不思議な気持ちになる。

そこを通り抜ける途中、市街地の一角に広がる下町がちらりと目に入った。

舗装区域の外にある貧民街と言われている一角だった。路上生活者、親のない子供たち、売春婦……厳しいイスラムの戒律から外れ、無秩序に生きる人たち。

観光地の治安はいいものの、あのあたりの一角には絶対に近づくなと言われている。

どこの国にも裏と表があるが、この国の貧富の差は、日本やフランスからは想像もつかないほど激しい。

——ああした国民の姿を見れば……国王の統治能力の低さがわかる。そんな国王のもとで政府高官並みの待遇などまっぴらだ。

旧市街を抜け、高台に行くと、途中で検問所に出くわす。

その先には、王宮を始め、貴族の邸宅やイスラム神学校、政府の要人の館が整然と建ち並ぶ場所が広がっている。

その最奥――『ファティマの手』が刻まれた門がゆっくりと開き、車がなかに入っていく。

入口で念入りにボディチェックをうけたあと、志弦の乗った車は、宮殿とは反対方向にある美しい泉の庭園のむこうにある別館へとむかう。

物々しい警備にまわりを囲まれた離宮。そこに、志弦がピアノを教えている生徒――サディク皇子がいる。

週に一度、ここにきて、昼食をともにとり、それから夕刻までピアノを教え、あとは西洋の音楽史や音楽理論について教えていた。鉄製の重々しい門の前で、再度、ボディチェックをうけたあと、ギィィと軋んだ音を立てて離宮の扉が開く。

身のまわりの世話をする男性の使用人が志弦をホールの奥の音楽室へと案内する。

「ではこちらでお待ちください。皇子にお伝えして参りますので」

案内されたのは、白壁に囲まれた簡素な一室。音楽室というよりは牢獄《ろうごく》といった風情だ。

建物自体、かつてはハレムだったらしく、アーチ型のガラス窓のむこうにはすべて鉄格子がはまっていて、玄関以外から外に出ることはできない造りになっている。

尤《もっと》も、皇子の話によると、建物の地下に地下水道があり、そこから裏庭の古びた井戸に出ることは可能らしいが。

「待たせたな」

ノックとともに現れた白いアラブ服を纏《まと》った男——サディク皇子である。

「さあ、昼食をとろう」

後ろに控えていた男性からバスケットをうけとり、サディクが音楽室に入ってくる。

長大な体軀《たいく》の、野性味を帯びた雰囲気の若い男性。

切れ長の双眸、かすかに褐色味を帯びた肌、精悍《せいかん》さ。凜々《りり》しくたくましい風情は、いかにも砂漠に生きる男性といった印象だ。

かつては士官学校に通っていたそうだが、肩幅や胸板の厚さが服の上からでもそれとわかり、武芸の腕は相当なものなのだというのが伝わってくる。

「今日のメニューはタジン鍋とベルベル風オムレツだ。それからピタパンを用意した」

サディクは赤いキリムの敷かれた床に革張りのオットマンを置き、素早くテーブルにバスケットの中身を並べていった。

とても一国の皇子とは思えない、彼のこういうところは嫌いではないが、これでは申しわけなさすぎる。

「皇子、そういうことは私がしますから」

「いいから。志弦はそこに座って待っていなさい」

明るい笑顔で言う彼に、志弦は胸が痛くなる。

サディク皇子——彼はこの国の王族の一員でありながら、まったく自由がない。

年は二十代前半。荒々しさのなかに崇高さを備えた風情からは王族としての優雅なオーラが自然とにじみでている。けれど彼は王族といっても特殊な存在だ。

本来なら、彼が王位を継いでいたはずなのに、十七歳のときから囚人のような扱いをうけてきたのだから。

一年前、彼がどうして志弦の顔を知らなかったのか——それは、長い間、この牢獄のような離宮のなかから出ることを許されず、外界のことを知る唯一の手段がカセット付きのラジオ一台だったからだ。

そこに志弦の演奏を録音して、くり返し聴いていたとか。それからここに捨て置かれた古びたピアノ。それだけがこのひとの友だった。

『私は殺されても仕方のなかった立場なのだよ。こうして生き存《ながら》えることができたのは、皇太子の称号と資格を放棄したからだ。つながれることもなく、このなかにいるときは自由に過ごせる。それだけでも、神に感謝しなければ』

よほどのことがないかぎり、ここから出ることはできない。彼と接触できるのは、国王から許可された家庭教師だけ。

余計な知識を得させないためなのか、許可された家庭教師といっても、音楽と歴史とアラビア語とイスラム法についてのみ。志弦もそのなかのひとりだった。

「昼食の支度ができた。食べよう」

サディクはゆったりとオットマンにもたれかかりながらキリムの上に座った。

生野菜とチキンのケバブ、それからひよこ豆でできたコロッケ——ファラフェル・ボールをピタパンに入れたサンドイッチ。この国の典型的な軽食だった。

ナプキンに包んだそれを皿に盛りつけ、サディクが志弦に差しだしてくる。

「さあ」

「ありがとうございます……すみません」

噛みしめると、さくっとしたファラフェルが口のなかで弾《はじ》ける。ゴマペーストとレタスやトマトが混ざりあい、サディクのもってきたミントティと心地よく口内で溶けていく。

「どうだ、味は」

「最高です」

目を細めて破顔すると、サディクが手を伸ばして、志弦の口元についたゴマペーストを指の関節ですうっと拭《ぬぐ》う。

「すみません……」

「またか。そなたの口癖だな、すみませんというのは」

「え……あ、すみま……いえ……」

「本当に悪い癖だ。この国では、先に謝った者は、負けになるんだぞ。相手から不当な要求をされても文句は言えない」

「大丈夫です、皇子はそういうことはなさいませんから」

「まいったな、そう言われると本当になにもできなくなる」

左耳が聞こえなくなり、もう昔のような演奏はできないというのに、何て親切なのだろう。彼の優しさに触れていると、もう一度、昔のようにヴァイオリンを演奏してみたいという気持ちになってくる。

地位も名声も関係なく、ただ大事なひとのためだけに演奏したいと思うのだ。

「さあ、もっと食べて。そなたは少し痩《や》せすぎだ」

三角の帽子のようなタジン鍋の蓋《ふた》をとりチキンとジャガイモのタジンを小皿にとりわけて差しだしてくる。サフラン色に染まったタジンからは、ほんのりとレモンの香りが漂う。

「すみません、いつもいつも」

「また謝る。本当に悪い癖だな」

「ですが、このように、昼食をごちそうして頂いて」

「口にあわないのか?」

「いえ、それはありません。ただ……」

中近東やアフリカ料理には、日本人の口にはきついものも多い。だがサディクが用意してくれる料理は、日本人の舌がうけいれやすい、さっぱりとした具や味になっている。そこまで調べて用意してくれている……と思うほど厚かましくはないが。

「ただ？」

「毎回、くるたびに用意して頂くのは気がひけます」

「私が用意をしているのではない。これは親友のイスハークが差し入れてくれているものだ」

「皇子、ですが……」

「いつも食事はひとりなんだ」

「え……」

「こんなふうに他人と食事をともにする機会は数えるほどしかない。私の楽しみを奪うな」

そうだった。彼はかぎられた人間以外と接することは許されていない。政府の関係者ではない人間で、彼と接することができるのは志弦だけだ。

大使館を通じ、『この国の皇子のひとりがあなたを名指しし、ピアノを習いたいと言っています』という連絡をうけたとき、すぐに、あの花束のひとだと察した。

そして実際、王宮を訪ねると、まさに彼だったわけだが……よもやこのような境遇の皇子だったとは夢にも思わなかった。

『そなたが私の国にきてくれるなんて夢のようだ。そなたにピアノを習いたいと国王に嘆願してみたところ、音楽ならばいいだろうとすぐに許可がおりたが……ありがとう、家庭教師をひきうけてくれて』

『とんでもない。私は以前のようにヴァイオリンを演奏することができないのに、このようにご指名頂き、かえって申しわけない気持ちです』

『演奏は勿論《もちろん》だが、私は、そなたの音楽に対する解釈や真摯《しんし》な姿勢にも心惹《ひ》かれている。ヴァイオリンは……またいつかその気になったときにでも聴かせてくれ。その代わり、音楽の心というものを、私にも教えてくれないか』

そう言われたとき、胸の奥からこみあげるものがあり、眦《まなじり》からぽろりと涙が流れ落ちた。

マチアスの事件以来、ずっと封印していた感情の堰《せき》が切れたのか。それとも、幼い頃から自分のなかで堰きとめていたものがあふれだしたのか。

それ以来、志弦は王宮に通い、サディク皇子にピアノと音楽理論を教えるようになった。

かつてはハレムだった離宮に、ひとりで閉じこめられている孤独な皇子への家庭教師。

それが認められたのは、この国に西洋の音楽を教えられる人間が殆《ほとん》どいないということと、ただの音楽教師でしかない志弦ならば、サディクを国外に逃がそうとしたり、クーデターの片棒を担ぐことはないと思われているからだろう。

前国王がもう数年健在だったら、サディクこそが国王になっていた。

けれど皮肉なことにサディクが十七歳だったとき、父親である前国王が乗っていたヘリが墜落する事故が起きた。

国王夫妻と同乗していた異母弟三人と同母妹が死亡。

たまたま士官学校の生徒のひとりとして、サディクは大西洋上の孤島での訓練をうけていたため、前国王の血をひく皇子のなかでひとりだけ生き残った。

本来なら、正当な皇太子である彼が即位するはずだった。

だが葬儀の席で、突然、サディクは逮捕されてしまった。

士官学校の生徒のなかに密告する者がいたのだ。

サディクがフランス貴族の血をひく母親のつながりから、国家の西洋化をはかろうとしており、国内の天然資源の利権を欧米に売り渡そうとしているとして。

密告を信じたイスラム法学者たちが軍に働きかけ、クーデターが起きた。

身に覚えのない証拠を次々と突きつけられ、サディクは罠《わな》にはめられたことを悟った。

父親の死も暗殺だったのかもしれない。

国家がふたつに分かれ、内乱が起きることを恐れたサディクは、自ら皇太子の地位、自身のもつ権利や財産などすべてを放棄することで、国家の利権を欧米に売る気はないということを態度で示した。

その結果、クーデターは終結。王位継承権第二位の立場にあった前国王の弟――サディクの叔父が国王に即位することで、国の平和は保たれた。

サディクの存在は国家が混乱する要因とされ、処刑を望む声もあったらしい。

だが国際社会からの批判を恐れた新国王は、サディクを王宮内にある、元ハレムに閉じこめることで、批判の声を鎮めた。

皇子という称号は与えられたままだったが、皇太子の地位や財産を放棄した上に、国王には数人の男子がいるため、サディクに王位がまわってくることはない。

それから六年間、サディクは、この王宮の外れにある離宮で殆ど外界と接触することもなく過ごしてきた。

「そうだ、志弦、週末の祝賀会でヴァイオリンを演奏することになったそうだな」

食後のミントティを口にしながら、サディクはふと思い出したように言った。

「はい」

「野外ホールでの演奏は、ここにいても聞こえてくる。楽しみだ」

そうか、ここにも聞こえるのか。知らなかった。

祝賀会での演奏をひきうけたのは、サディクの身近にいる人間が国王に従順な態度をとることで、無駄な彼への警戒心を少しでも取り払いたいという気持ちからだったが……。

「皇子は祝賀会には、ご出席できないのですか」

「ああ。祝賀会には国内外の要人も出席する。私と誰かが連絡をとっていると思われてみろ。私を処刑する、いい口実が見つかる」

笑いながら言うサディク。そんなことを当たり前に、しかも世間話のような口調で彼が言うのが志弦には切なかった。

視線を落とし、志弦はミントティのグラスに手を伸ばした。志弦の表情になにか思うところがあったのか、サディクは静かに言った。

「志弦、私は生きていられるだけで満足しているんだよ。欲しい本も与えられるし、孤独以外に何の不自由もない。周波数がかぎられているが、二年前から娯楽のためにとラジオを渡されている。そのときに志弦のヴァイオリンを聴き、すっかりファンになってしまったわけだから、今の生活も捨てたものではない」

「皇子……」

「もう一度、そなたの音楽を聴いてみたくて、思い切って国王にたのんでみたところ、コンサートに行くだけならかまわないと許可がおりたんだ」

そういえば物々しい雰囲気の護衛が多くいた。

サディクと話をしていると、すぐに彼らが連れて行こうとした。あのときは気づかなかったが、彼らは見張りだったのだ。

「あのとき、思った。そなたが演奏していた『シェヘラザード』のように、自分の未来は、自分で切り拓かなければいけない、と」

室内には盗聴器も監視カメラもとりつけられている。こんな話をしていいのかわからないが、サディクは平然と己の正義を口にする。

思ったことをはっきり口にすることで自身の潔白を証明しているのだろうか。

確かに彼の言葉には、現政権への不満はない。自分がどんなふうに生きたいのかということだけだ。

「あの物語のなかで、シェヘラザードは、その智慧《ちえ》によって生き延び、最後には深い愛で国王の心をも救った。私もそうしよう、何としても生きよう、そして今の自分にできる形でこの国の役に立てる人材になるため、幽閉されたままでもできるだけの努力を重ねようと決意した。いつここから出られるかわからないが、希望だけは捨てたくない」

生きているおかげで、志弦とも再会でき、音楽を習うことができた……と幸せそうに言うサディク。

彼の言葉を聞いていると、辛いことがあったからと嘆き、逃げるようにフランスを離れた自身を恥ずかしく思う。

マチアス先生を死なせてしまった罪悪感は消えない。

けれどそれ以外のことは、志弦の気持ち次第でどうとでもなることだ。まわりからの白い目もあらぬ噂も、こちらさえ毅然《きぜん》と振る舞っていれば、いつしか消えるだろうことはわかっていたのだが。

――この方の境遇に比べると、私に起きたことなどたいしたことはない。この方のように、私も人間としての誇りをもって生きていかなければ。

「志弦、状況は少しずつ変わってきている。国王は私に謀反の意思がないという確信だけでなく、私に近づく者のなかに反逆者がいないか様子を見ているところだ」

「反逆者がいた場合は？」

「すみやかに国王に報告し、信頼を勝ちとっていくのが私の生きる道だ。国王が私を少しだけ泳がせているのも、そうした接触があるかもしれないと」

「もし少しでも疑われたら」

「処刑されるだろう」

志弦は押し黙った。

「この件ではそなたにも迷惑をかけてすまない。おそらくそなたにも」

「お気になさらないでください。尾行や盗聴など平気です。やましいことはありませんので」

サディクはやるせなさそうに目を細めた。

「だが落ち着かないだろう」

胸がつかえる。こんなふうに心配されることに。このひとのほうがずっと過酷な運命を強いられているというのに。

「私の日常は、子供に音楽を教えているだけのものです。知られたところで何てことはない。いっそ好きなだけ尾行でも盗聴でもすればいい。あなたの潔白が証明されるだけですから」

「たのもしい男だな。そなたのその強さに勇気づけられる思いだ」

すうっと伸びてきた手のひらが頬《ほお》を包みこむ。漆黒の眼差《まなざ》しにまっすぐ見つめられ、触れられている皮膚に熱が籠《こ》もるような気がした。

それはこちらの台詞《せりふ》だ。このひとのおかげでどれほど勇気づけられてきたことか。

一年前、自分の音楽を好きだと言ってくれたこと。それから音楽の心を教えて欲しいと言われたときのこと。おいしい食事。楽しいここでのひととき。優しい言葉。心遣い……。

あんな事件のあと、こんなにもおだやかな気持ちになれるときがくるなんて思いもしなかった。サディクのおかげだ。

このひとと一緒にいるだけで心のなかにあたたかなものが灯《とも》る。

顔を包みこんでいた彼の手に、志弦は知らず自分の頬をあずけていた。そのぬくもり、彼の手のひらと頬との間に溜まっていく熱を味わうように。

「……志弦?」

顔を覗《のぞ》きこまれ、はっと我に返る。

「どうした、やはり落ち着かないのか?」

見当違いなまま心配してくるサディクに、志弦は笑顔をむける。

「あ、いえ、そうではありません。どうぞご安心ください」

「だが……」

「ご心配にはおよびません。さあ、それよりもピアノの稽古を始めましょう。今日から、ショパンの『ワルツ69－2』の予定ですが、譜読みはできていますか?」

「……っ……半分ほどは」

しまったといった雰囲気のサディクの顔。

やれやれといわんばかりの冷ややかな眼差しをむけると、肩を竦《すく》めてサディクがピアノの前に座る。志弦はくすりと笑った。

「では、できているところまで弾いてください」

サディクが指輪をとり、長い指を鍵盤に落とす。響き渡っていく三拍子の感傷的な旋律。

いつか彼に自由がくるのだろうか。

いつか彼が表の世界で活躍できる日がくるのだろうか。

そんな奇跡のような日がくるときまで、このひとの命がずっと安全でありますように。こんな時間を少しでもたくさん過ごすことができますように。

透明で、凛とした彼のピアノの音に耳をかたむけながら、志弦は祈るような眼差しでサディクの横顔を見ていた。

2　黒衣

その週の土曜の夕刻、王宮での祝賀会が開かれた。

志弦《しずる》は子供たちの乗ったスクールバスに同乗して王宮へとむかった。

日本大使館からの親善使節、しかも子供ばかりということで、その日は、ふだんのような厳重なチェックはなく、簡単な人数の確認だけで、城門をくぐりぬけることができた。

今日は国王たちのいる王宮の隣にある離れに案内された。

「どうぞこちらへ」

中庭に面した通路を通り、控えの間に連れて行かれる。

見れば、ちょうど真裏に、サディクのいる離宮があった。

志弦は合唱のあと、自分の演奏をして自宅に戻る予定だ。しかし子供たちは、明朝、砂漠の夜明けを見に行ったあと、『ラクダラリー』の見学に行く予定になっていた。そのため、小中学生二十名と彼らの引率の女性教師二名は、今夜、王宮に泊まることになっていた。

「こちらが皆様の控え室になります。中庭のむこうにあるむかいの建物はハマームになっております。係の者が、我が国最高のスパサービスを提供いたします。どうかご自由にお好きなときにお使いください」

通されたのは、水と緑と花にあふれたイスラム庭園に面した広間だった。

「わぁっ、綺麗、すごーい！」

子供たちが楽しそうにパティオのなかを駆け巡る。

初夏を彩る淡い桃色の睡蓮《すいれん》の花や薔薇《ばら》、真っ白な天人花、チューベローズ、西洋梔子《くちなし》などがふんだんに植えられ、中央にある大きな池の中央に、蓮《はす》の花の形の泉が浮かびあがり、水盤から弧を描くように流れていく水の筋を松明《たいまつ》の焔《ほのお》が幻想的に煌《きら》めかせている。

まさに壮麗な千夜一夜の世界がそこにあった。

子供たちを礼服に着替えさせたあと、控え室に用意されていたピアノを使って、ひととおりの稽古《けいこ》を行う。

祝賀会は、夕暮れの淡い陽が落ちるなか、松明に囲まれた中庭で華やかに行われた。

金色と緑の豪奢《ごうしゃ》なファサードには物々しい制服姿の軍人たち。

庭園のまわりには棕櫚《しゅろ》と棗椰子《なつめやし》の木々がうっそうと生い茂り、銀梅花やレモン、薔薇の花々が彩りを添えている。

緑と花と水……それから薔薇色に染まっている美しい夕空。

ゆらゆらと揺れている松明の数々。

その奥には、白亜の美しい建物。

国王は玉座にくつろぎ、黄金で縁取られた色とりどりのニカーブで着飾ったムスリムの四人の王妃や子女に囲まれ、楽しげに談笑していた。

——あの男がサディク皇子の叔父……。彼を幽閉している男か。

浅黒い肌をした四十前後の長身の男。白いクフィーヤ、足首まである白のガラベーヤ、イスラムでは神聖な色とされている緑のケープ。

それに指先を彩る派手派手しい宝石の指輪。胸焼けがしそうなほどの料理を先ほどから絶えず口にしている。

おそらくふだんから贅美《ぜいび》を尽くした暮らしをしているのだろう、そのふくよかな肉体を見ていると、腹立たしさを覚えずにはいられない。

先ほど見た貧民街の様子が忘れられない。平和で豊かな国とは逆の方向にむかっている政治。彼はサディクが継ぐべき王位を簒奪《さんだつ》し、貧しい国民のこともかえりみず、あのように飽食三《ざん》昧《まい》している。

サディクならば……人の心の傷や孤独を理解している彼なら、こんなことはしないのにと思うと、無性にむなしくなってくるのだ。

そして玉座の斜め後ろに、陸軍の将軍をつとめるサディクの遠縁にあたるイスハーク。

アラブ服ではなく、頭にはベレー帽型の軍帽、そして幾つかの階級章をつけた焦げ茶色の端正な軍服を身につけていた。

何度かサディクのところですれ違ったことがあるが、挨拶《あいさつ》くらいしかしたことがない。

士官学校では、サディクの同級生だったそうで、下位ながら王位継承資格はあるらしい。

基本的に、王の許しのあった王族は、まわりに人がいる場所で、なおかつ、差し入れするもののチェックをうけさえすれば、彼に面会に行くことができる。

だが国王にあらぬ疑いをかけられる可能性があるので、わざわざ幽閉中のサディクに会いに行く親族はいない。

そんななか、イスハークだけが月に何度かサディクのもとに面会に行き、生活に困ったことはないか、なにか欲しいものはあるか問いかけている。

さらにイスハークの背後には、時折、サディクの護衛として顔を見かける警備兵がいた。

確か、名はアリー。

サディクは彼を忠実な護衛だと言っていた。

やがてパーティが始まり、子供たちの合唱の順番がまわってきた。

日本の唱歌がファラージュの人間の耳にどのように聞こえるか。不安ではあったが、澄み切ったハーモニーを美しいと感じるのは万国共通らしく、さらには『月の砂漠』をあえてアラビア語で歌ったことが功を奏し、会場から割れんばかりの拍手をもらった。

続いて、日本大使からの挨拶があり、志弦の出番がきた。

「では、どうぞ」

志弦は、野外ステージにむかった。

野外ステージの演奏は、サディクのいる離宮にも聞こえると言っていた。

だから、『タイスの瞑想曲』をやめ、曲目にバッハの無伴奏パルティータ――『シャコンヌ』を選んだ。

コンクールの本選で演奏したものだ。彼がラジオで聴いてくれた音楽。

この音楽を、バレエで見たことがある。

旧ソビエト出身のダンサーだった。暗い監獄のなかのような舞台に、ひとり、現れる男性。光を求めて苦悩する瞬間を描いたバレエだった。

そのときの踊りをサディクの苦悩にリンクさせて演奏していく。

心のなかで思い描く音楽をそのまま形にするかのように、この宮殿と同じ敷地のなかにいるサディクに少しでも届くようにと演奏する。

このとき、左耳が聞こえないことなど忘れていた。

実際に聞こえてはいない。だが確かに聞こえているように感じるのだ。前髪は乱れ、全身に汗がにじむほどの激しさで。

久しぶりの充実感。血がたぎり、逆巻き、魂まで熱くなるような高揚感。

耳が聞こえなくとも、パーティの余興のひとつであったとしても、演奏を終えたとき、会場は割れんばかりの拍手に包まれていた。

果たしてサディクに聞こえただろうか。久しぶりに、本当に一年ぶりに魂まで一体となった演奏ができたのは、彼のことを思っていたからだ。

会場のなかにある少し高くなったテラスに行き、志弦は宮殿のなかをぐるりと見まわした。テロを警戒した物々しい兵士たちが、銃をもって庭園のあちこちを警備している。

坂の下のほうには、町の明かり。

淡いブルーにライトアップされたモスクやミナレットが幻想的に浮かびあがって見える。町のむこうには砂漠が広がっている。

そのあたりは漆黒の海が広がったように真っ黒に塗りつぶされた世界になっている。

そして先ほど子供たちが合唱で歌った『月の砂漠』のように、煌々《こうこう》と夜空を耀《かがや》かせている美しい月。ガーデンパーティの会場からは、サディクのいる離宮は見えないが、無事に彼の耳に音楽が届いただろうか。

演奏後の高揚感も冷めやらないまま、ひとつひとつ、建物を確認していると、ふっと背後に人の気配を感じた。

ふり返ると、テラスに国王が現れた。

ゴールドの刺繍《ししゅう》で彩られたアラブ服を身につけた彼の数メートル背後には、やはり護衛のように将軍イスハークがつき従っていた。

「これは、国王陛下」

志弦は、ファラージュのしきたりに従って膝《ひざ》をつこうとしたが、国王が手でそれを止める。

「いや、そのままに。先ほどの演奏、すばらしかった。子供の合唱も見事なものだった」

「ありがとうございます」

「サディクに、ピアノを教えているんだったな」

「はい」

国王がふっと嗤《わら》う。

「サディクは、いい講師を見つけてきたものだ。あの男、ヨーロッパに留学したことがあるだけあって、西洋文化に対して、確かな目をもっているようだ」

国王の声が石造りのテラスに反響する。

「そなた、サディクから私のことをどのように訊《き》いている？」

白々しい質問だ。いつも彼との会話を盗聴させているくせに。

「彼は……政治のことは特には」

「なるほど。まあ、いい。それにしても、初めてはっきりと間近で顔を見たが、ただのヴァイオリニストとは思えない美貌《びぼう》をしている。先ほどの演奏、テレビで全国放送されたが、きっと明日には、あのすばらしい演奏をした美しい東洋人は誰だと問い合わせが殺到するだろう。どうだ、私の後宮に入り、王家専用の楽人にならないか？」

「え……」

志弦は眉《まゆ》をひそめた。

「後宮に入って、私に仕えるんだ。私のために音楽を奏で、こうした王宮の催しでも演奏をする。その代わり、最高の贅沢をさせてやる」

突然のことに、どう返答していいのかわからなかった。

からかわれているのか、それとも、なにか試されているのか。

「日本人学校の講師の仕事を続けたいのなら続ければいい。サディクの家庭教師も、やりたければやればいい」

「は……はあ」

「どうだ、私の後宮の楽人になるか？　他の寵姫《ちょうき》同様に、この国での永住権を授け、存分に愛《め》でてやる」

「……っ……あの……後宮の仕事というのは、楽人というだけではなく……」

寵姫ということは、つまり愛人……。

「ああ、そうだ」

「私は……二十をとうにすぎた男性なのですが……」

「そうだな。美しい時期は短い。その間に、存分に私を楽しませてくれれば、最初の約束どおり政府高官の待遇も与えよう。生涯、この国での地位は保証する。そこにいるイスハークもアリーもそうだった。まだそれぞれが少年だった頃、私に仕えてくれた功績を買って、今も側近にしている」

「……っ」

イスハークもアリーも。この国では、そういうことは当たり前のことなのだろうか？

「サディクも少年の頃は実に美しかった。幽閉するには惜しいほど」

つまりこの国では、男性が男性に仕えるために身を任せるということは当然の習慣……ということなのか？

「どうする？　他の者たちのように、私に仕え、出世の糸口にしてみないか」

「あの……でも」

志弦がとまどっていると、国王の背後に控えていたイスハークがすっと近づき、彼になにか耳打ちした。

「おまえは、サディクの恋人だから私への返事を渋っているのか」

「え……い……いえ、そんな………」

サディクの恋人？　どうして話がそっちにいくのか。

「イスハークは、おまえとあいつとが恋仲なのだと言ってる。隠すことはない。サディクがおまえに惚《ほ》れているのは事実だ。あの無欲な男がわざわざフランスまで会いに行きたいと言った相手だ。家庭教師にと指名したのも、おまえと逢い引きするためであろう？」

「それは違います。彼は……純粋に私から音楽を習っているだけで……」

「それならどうして後宮入りを拒むのか。サディクに遠慮しているようにしか見えないぞ」

どうしよう。困った。否定すれば後宮に入ることを望まれ、肯定すればサディクの恋人なので国王を断っているということになる。

「サディクへの遠慮ならば、必要はない。この国の習慣に則《のっと》り、あいつには忠誠の証として、おまえを私に差しだすよう、命じることにする。フランスまで会いに行った大切な恋人を、私に捧げてくれるのなら、それをあいつの功績、忠節の証と認め、あいつの幽閉を解こう」

サディクの忠誠の証？　自分がこの男に忠実に仕えると、彼には叛意《はんい》がないとして自由に。

どうしよう。どう返事をすればいいのか。

「返事は今すぐにとは言わん。この国は、これから一週間祝典が続く。それが終わったあと、落ち着いたときにでも返事を聞かせてくれ」

国王はそう言うと、志弦に背をむけた。

なにを言われたのか、どうしていいかわからないまま呆然《ぼうぜん》としている志弦にイスハークが近づいてくる。

「どうして返事にとまどっている。サディクが好きじゃないのか？」

責めるような口調。好きなのかと問われても……何と答えていいのか。サディクのことは確かに大切には思っているが。

「この国では、最愛の人間を国王の後宮に差しだすことは忠誠の証明となる。おまえが国王に忠実であれば、サディクの身の安全は保障されるというのに」

自分はサディクの恋人ではない。だが、そう思われて、さっきのように話をもちかけられているのだとしたら。

「あの、私は……」

「今日、サディクの命が狙《ねら》われたことは……知らないのか？」

「……っ！」

「祝賀会の出席者のなかに、彼と連絡をとって、クーデターを起こそうとしていた者がいた。それで……彼も国王に忠誠を疑われ、暗殺されかけて」

「皇子は無事なのですか？」

「負傷している。確かめに行っては？」

イスハークは頭にかぶったベレー帽をクイと指であげ、さぐるように志弦を見た。

「行ってもいいのですか？」

「ふだん警備は厳重だが、今夜は少し手薄になってる。おまえたちの控えの間からは、裏庭にある水が干上がった井戸から地下水道に行けば、彼のいる離宮に入ることができるだろう」

「あなたはどうして私にそれを」

「サディクとおまえがどんな絆《きずな》で結ばれているのか知りたかっただけだ」

「絆？」

「一年前、あの無欲でストイックな男が、ただひとつの願いとして、南フランスまで憧《あこが》れのヴァイオリニストに会いに行きたいと嘆願した。あの直前、彼を利用してテロを起こそうとした集団がいたため、彼はこれ以上の国内での混乱を避けようと、その存在を消したほうがいいとして処刑されることが決まっていた……死ぬ前の最後の望みとして」

「――――っ！」

あの物々しい雰囲気。厳重な警戒。ただ者ではないことはわかったが……そんな素振りを、彼は志弦の前では微塵《みじん》も見せなかった。

「彼の最後の望みを叶《かな》えて欲しいと、国王に許可をとりつけたのは俺だ。国王は、彼がどう出るか、試すためにその願いを聞き入れることにした。サディクは試されているとも知らず、最後の望みが叶ったと思って、おまえのコンサートに行った」

「試すというのは？」

「そのまま彼が逃亡するか、或いは生き残るためにフランスで母方の親族と接触して助けを乞うか。勿論《もちろん》、そんな動きを見せたときは、その場で彼を射殺するようにとの命令が下っていたのだが。反対に、サディクが潔くファラージュに帰国したとき、国王は彼の処刑を免除しようと考えていた。国内には彼を支持する声も多い。いくらでも利用価値はあるからな」

結局、サディクは逃亡もせず親族と接触もせず、志弦に花束だけ渡して帰国した。その行為を見て、国王は、彼を処刑しなかったということか。

「彼の命はいつもぎりぎりのところにある。その彼がただひとり、死ぬ前に会いたいと希望したのがおまえだ。国王がおまえを手に入れることで、彼の忠誠を試そうとしているという意味はわかるな？」

「……つまり彼を愛しているなら、私に国王の愛人になれと？」

じっとその目を見て問いかけると、イスハークは口の端をあげ、意味深な笑みを刻んだ。

「さあな。それを俺が強要することはできん」

イスハークはくるりと志弦に背をむけた。コツコツコツと軍人らしい規則正しい軍靴の音が遠ざかっていく。

――死ぬ前に……私に会いたいと？　いや、彼らは誤解している。サディクが求めたのは、私ではなく、私の音楽だ。

しかし死ぬ前に……彼はどうしてそこまで……。

自分の音楽にそこまでの力があったと思うほど自惚《うぬぼ》れてはいない。コンクールで上位に入っても、所詮新人のヴァイオリニストでしかないのだから。

彼がそこまで自分を求めていた理由。それがわからない。と同時に、国王の申し出に何と返事をすればいいのかそれもわからない。

——サディクに会いたい……。会って確かめたい。彼の気持ちを。

そんな思いに揺れ動きながら子供たちとともに、控えの間のある離れに戻ると、女性教師のひとりが傷心した表情で話しかけてきた。

「明日の夜明けツアーと『ラクダラリー』、中止になったと連絡がありました。天候のせいだとかで」

天候……ということは、砂嵐《すなあらし》でもくるのだろうか。

「では、今から王宮を出るのですか?」

「いいえ、今夜はこのままここに泊まろうかと。どちらでもいいそうなので。子供たちは、王宮に泊まれることをすごく楽しみにしていましたし」

「でも、親御さんのもとに早く帰したほうがよくないですか?」

「それも考えましたが、今、バスの運転手がいなくて。大使夫妻や他の関係者を送るのに、駆りだされているのだと思います」

「そうですか。それなら仕方ありませんね。子供たちの就寝のお手伝いをします」

女性教師と手分けをし、子供たちの就寝の手伝いをすませると、ちょうど夜の祈りを呼びかけるアザーンが流れ始めた。

アッラーフ・アクバル、アッラーフ・アクバル……音楽のように美しいアラビア語。

礼拝——サラートを呼びかける鐘のようなものだ。

夜の礼拝の時間……今なら、警備が手薄になる。

志弦はイスハークが話していた水のない井戸をさがした。

裏庭にぽつんとある小さな井戸。

本当にここからサディクのいる離宮に行けるのだろうか。

——怪我《けが》をしていると言っていた。どんな怪我なのだろう。

果たして彼がどれほど危険な目にあったのか。

確かめたい。そして彼のためになにかできるのなら……。

あたりにはまだアザーンが響いているため、兵士たちの姿はない。

志弦は意を決して、井戸にかかっていたはしごを伝って地下へと降りていった。

下は地下水道になっているらしく、ひとが立って歩けるだけの空洞になっていた。湿っぽいにおいとカビくささがあたりに漂っている。

奥は殆《ほとん》ど見えない。ここを進めば、本当に彼のいる離宮にたどり着くのか否か。

井戸のあたりから漏れる淡い外の光を頼りに、そっと奥へと進んでいく。

こんなところを歩いて怖くないといえば嘘《うそ》になるが、それ以上にサディクのことが気がかりだった。

そのとき、ふと床に点在する赤い血痕《けっこん》のようなものに気づいた。

――サディク？

ギィと軋《きし》んだ音を立てて細密画が刻まれた重々しい扉を開けた瞬間、心臓が止まりそうになった。

あたりは薄暗い。だが血痕が飛び散っているのはわかる。まだ濡《ぬ》れていることからすれば、流れたばかりの新しいものだ。

「……っ」

志弦は息を殺した。玄関ホールの明かりとりの窓から降りてきた月光が、白い床に飛び散った真紅の血を浮かびあがらせている。

彼の暗殺――――？

まさか国王がサディクの暗殺を？　血の気がひきそうになる。もしや彼は……。いや、大丈夫。イスハークが負傷しただけと言っていたではないか。命に別状はないはず。ただどの程度の負傷なのか……。

息を殺し、志弦は足音を殺して廊下を進んだ。

誰かいるのか、いないのか。月の光が入りこまない場所は暗くてよく見えない。

ふだんの志弦なら、これ以上、奥の部屋に行くのは躊躇《ちゅうちょ》しただろう。

だが、サディクの命が狙われたというイスハークの言葉が気にかかり、志弦は前へ前へと進んだ。

やがて音楽室の手前の居室に着いたとき、衝立《ついたて》の陰になった床に横たわっている人影のようなものが見えた。

——あれは……っ！

白い布。サディク？

誰かが倒れている。そして志弦の足下には、銀細工の指輪が落ちていた。踏みつけられたように潰《つぶ》されているが、その指輪には見覚えがある。

サディク……彼のものだ。では、倒れているのは彼なのか？

「……」

志弦は膝をつき、血に染められた白い布に手をかけようとした。その刹那《せつな》。

「——っ！」

空気を切り裂くような音が耳をかすめた。はっとして躰《からだ》をこわばらせた一瞬のち、志弦のあごの下に冷たい銃口が触れていた。

誰かが後ろから志弦をはがいじめにし、志弦のあごの下に銃を突きつけてきていた。

「……」

床に横たわっていたのは、人のように見せかけただけのものだった。

視線を下にむけると、月の光を反射した銃身がきらりと光って見える。身動きすることもできず、志弦は硬直していた。

皮膚に感じる冷たさ。引き金をひかれれば、一瞬で頭蓋骨《ずがいこつ》を吹き飛ばされるだろう。

「……」

そのとき、ふっと吐息の音が耳元に聞こえ、躰の拘束が解かれる。

「そなただったのか」

低くひずんだ声。その険しさ。聞き慣れた声なのに、別人のように聞こえた。

「……皇子?」

ふり返ると、しかし確かに黒い装束に身を包んだサディクの姿があった。

口元まで黒いクフィーヤの布で覆っているせいなのか、彼の切れ味のいい刃物のような眼差《まなざ》しが、ふだんより強調されて見える。いつもの優しく上品な皇子ではない。

志弦はごくりと息を呑み、サディクの闇色の眼差しを凝視した。

「なぜ、ここにきた」

視線が絡み、サディクがこもった声を吐く。

さっと衣服の端で拳銃のグリップを拭《ぬぐ》ったあと、スライドの動きをさらりと確かめながら懐にしまう仕草。そのもの慣れた様子、彼の全身から漂う殺気のようなもの。ここにいるのは、あのサディクなのに、なぜか背筋にぞくりと寒気が走る。

「あの……私は……イスハーク将軍からあなたが怪我をしたと聞いて……」

サディクはほんの少し目を眇《すが》めた。

「……大事ない。そなたは、すぐに戻りなさい」

「ですが血が……」

「平気だ。とにかく早く戻りなさい。無断で、外国人がこんなところにきてはならない」

突き放すように言って背をむけると、サディクは大理石の柱に手をつき、床に片膝を落とした。そのとき、志弦は彼の腿《もも》を見て凍りつきそうになった。

床に落ちている衣服──彼がいつも身につけている白のアラブ服は血に塗《まみ》れている。そして黒装束を纏《まと》った彼の腿には白い包帯。そこにも真紅の鮮血がにじんでいた。

「傷……傷は大丈夫なんですか」

「気にしなくていい」

「ですが……せめて薬を。このままだと……」

志弦はあたりを見まわした。恋人という噂《うわさ》のこと。それに国王からの申し出、イスハークから聞いた一年前の話など、話したいことが幾つかあったが、それどころではない。早く手当をしなければ。

「待て」

志弦の手首をサディクが摑《つか》む。

「大事ない。いつものことだ。それより早く戻りなさい。まだ礼拝の時間だ。見まわりの警備兵もこないだろう、今のうちに」

「消毒は？」

「いや、軽傷だ。刺客の剣が腿をかすめただけのこと。血もすでに止まっている」

「いけません、それでは雑菌が」

なにか消毒薬代わりになるものはないか、志弦は室内を見まわしてみた。

窓にはすべて鉄格子がはめこまれ、木製のベッドに簡素なシーツ。古びた木製のテーブルの上に積み重ねられた書物の数々と一台の古めかしいラジオ。イスラムの国なのでアルコールはない。せめて消毒だけでもと思ったが、使えそうなものはなにもなかった。

「そうだ、子供たちになにかあったときを考えて、救急キットをもってきているんです。今から控えの間に戻って、とってくれば……」

「大丈夫だと言ってるだろう。私のことは気にせず、そなたはそのまま早く子供たちと帰るんだ。急がないと、兵士が裏庭に戻ってくる。早く」

「だけど、あなたを放っておくわけには」

「いいから帰りなさい。このとおり王宮は物騒なことも多い。ラクダラリーもなくなったことだ、早く子供たちを連れてここから出ていきなさい」

志弦の腕を摑み、サディクは地下水道に通じる重い扉に手を伸ばした。しかしそのとき、天窓のむこうでカツカツと兵士たちの歩く靴音が聞こえ、サディクは動きを止めた。

目を閉じて息を潜め、数秒、なにか考えこんだようにしたあと、サディクが肩で息を吐く。

「三人の兵が裏庭の警備についている。交替で地下水道の様子も窺《うかが》いにくる。次は夜明け前まで兵の交替がない。そのとき、私が兵士に声をかけることにしよう。そなたは、すきをみて、控えの間に戻るんだ。いいな」

「……わかりました」

志弦の返事にほっとしたのか、サディクは力が抜けたようにがっくりと壁にもたれかかる。志弦はその背に腕を伸ばした。

「たいしたことは……ない」

しかし間近で見れば、彼の額やあごにすり傷ができている。その姿を見ていると、胸が痛くなってきた。

――私が国王の後宮に入れば……この方の役に立てるのだろうか？

たかが自分ごときが国王の愛人になったところで、このひとの危険が回避できるとは思わないが、少しでも役に立てるのなら。そんな想いがふっと湧いてくる。

「皇子、あなたは……この国から出ようと思ったことはないのですか」

志弦は小声で問いかけた。

「亡命か？」

「あなたなら、どこかの国が保護してくれるのではありませんか。ヨーロッパの社交界で生きていくことも可能なのに、どうしてわざわざこんなところで」

数秒、じっと志弦を凝視したあと、サディクは口元に嗤笑《ししょう》を刻んだ。

「確かに可能だ。だが、そんな人生を歩んでどうなる」

どうなる――――？

「ただ、生きているだけではないか。私は皇太子だった男だぞ。命と引き替えに、王位継承権は捨てた。だが、信念までは捨ててはいない。私はこの国を治めるために育てられてきた。この国の平和、発展のために生きる道以外の未来など、私には必要はない」

そのゆるぎのない声。凛然《りんぜん》と言い放ったサディクの言葉。

初めてぶつけられた本音だったかもしれない。音楽を愛する典雅さだけでなく、このひとには、国を統治したいという強い意志がある。

――そういうことか。こんな目にあってもこの方がなおもここにいる理由。

自由にならない軟禁状態の幽閉生活。刺客に襲われることが日常茶飯事。

そして、今日もまた命を狙われた。最悪の未来は、暗殺――――それでもなお、この国にこのひとがいる理由。

志弦は切ない思いでサディクの精悍《せいかん》な横顔を見つめ、その肩に手をかけた。

「……では、ひとつ、お聞かせください。もし、政治に関わるようになったら、あなたはどんな国を目指しますか?」

「そうだな、そなたの音楽のような」

「私の？」

「ここにいても聞こえてきた。無伴奏パルティータ――『シャコンヌ』。あれは、私のための演奏だったと思ったが、間違いではなかったか？」

「ええ、あなたに聴いて欲しいと願って演奏しました」

志弦はふわりと微笑した。

「あの音楽のように、今の私は、光を求めてもがいている。そなたの音楽を聴いているときに感じる救い。それは光だ。文化が照らす光にあふれた世界……そのようなものを国民にも感じてもらえるような、光にあふれた国を作っていきたい」

光にあふれた国。文化が照らすような。その強さ、信念。自分がこのひとに惹《ひ》かれている理由がそこにある。

「……そなたと出逢えたことは、私の財産だ」

志弦の頬を手のひらで包みこみ、サディクが目を細めて微笑する。

さっきまでの冷厳とした空気は消え、ふたりでピアノにむかって過ごしているときのような甘さと優しさがその双眸《そうぼう》に戻っていた。

「それは私の言葉です。あなたと出逢えたことで、私は自分の音楽に自信をもつことができました。一年前、南フランスで出逢ったときもそうですし、今夜もまた、あなたに聴いて欲しいという想いで、私は一年間封印してきたクラシックを演奏することができました。今もまだ躰に高揚感が残っています」

「よかった、では私だけが、そなたからもらってばかりというわけではないんだな」

安堵《あんど》したような顔。そんな些細《ささい》なことを喜ばなくてもいいのにと思う。本来なら、彼こそが王宮の中央で耀いていたのにと思うと、胸が切なくなってくる。

「当然です。初めてあなたに演奏を誉めて頂いたときから、あなたの存在がどれほどの支えになっているか。ですからあなたに国政の現場で活躍してもらいたい。あなたの理想とする国家を作るために」

彼をじっと見つめて言う。誓うように。するとサディクはわずかにかぶりを振り、自嘲《じちょう》気味に呟《つぶや》いた。

「だめだな、こらえようと決意していたのに」

やるせなさそうな吐息。どうしたのだろうと顔をあげたそのとき、頬から後頭部へと移動した手に強くひきよせられた。

「……っ」

鼓動がどくりと高鳴る。懐《ふところ》の深いところまで抱きすくめられ、息をするのも苦しい。今にも窒息しそうなほどなのに、なぜか心地よかった。

「少しこのままで」

祈るような言葉。彼の吐息が額を撫《な》でていく。衣服ごしに伝わるぬくもり。

背中の骨を軋ませるほどの強い腕の力。なにも聞こえない左耳に、振動として伝わってくる心臓の鼓動。そのすべてに胸が締めつけられそうになった。

そして、はっきりと自覚した。自分はこのひとのことがとても好きなのだと。このひとの存在に救われてきたのは自分のほうだ、このひとこそ自分の光だと。

じっと見あげると、間近に闇色の双眸があった。見ているだけで、切なさがこみあげ、心のなかの想いを口にしてみたくなる。

けれど……彼の顔に残るかすかな傷、それに腿の傷のことが気になり、今はそんなことを伝えている場合ではない、このひとの自由のためにできることを考えるのが先だと思う。

それはサディクも同じなのだろう、なにも言ってこようとしない。

ただじっと志弦を見つめたまま、後頭部から耳元へと移動させた指先で髪をすくいあげていくだけ。

今はなにも言葉はいらない気がした。天窓から降るあざやかな月の光がふたりを照らしている。吹きこんでくる夜風が彼の触れた髪を揺らしていく。そのたび、蜃気楼《しんきろう》のように鼻腔の前を通り抜けていく甘いダマスクローズの香り。

好きだと伝える代わりに、このひとのために音楽を奏でたい。そんな想いがこみあげてきたとき、すうっと強い風が吹きこみ、大きく揺れたカーテンが月の光をさえぎった。

「……」

利那、あごを摑まれたかと思うと、黒い影が顔にかかる。サディクの顔が近づき、唇をあたたかな空気が撫でる。

「……ん……っ」

するりとカーテンが元の位置に戻り、互いの唇が触れあったそのとき、月明かりが重なったふたりの影を白い壁に刻んでいた。

突然のことに驚き、躰は硬直している。

だが、すぐに悟った。ああ、今、自分はサディクとくちづけしている、と。そのとたん、胸の奥が切なさに痺《しび》れ、そうすることが自然のように感じられて瞼《まぶた》を閉じていた。

「ん……っ」

慈しむように唇を啄《ついば》まれていく。唇の肉を圧迫するかのように強く押し当てたかと思うと、皮膚の感触を確かめるようにやわらかく撫でられて。

そのまましっとりと唇で包みこむように食《は》まれた。

初めての他人とのくちづけなのに、羞恥《しゅうち》もとまどいもなく、安らかでおだやかな気持ちになるのは、心の底からこのひとのことを恋しいと思っているからだろう。

こんなにも他人を狂おしく思ったのは初めてだ。同性だということも、彼の立場も忘れ、ただこうしていることに満たされていく。

「ん……っん……」

後頭部を手で包まれ、さらに強く唇を押しつけられる。

口内に挿りこんできた彼の舌に舌を巻きとられたときは、全身がかすかに震え、動悸《どうき》が激しくなっていった。けれどふっと鼻腔に触れた不思議な香りに、志弦の意識は次第に陶然となっていく。彼が香油として使っているダマスクローズ。それとほんの少し砂漠の男の匂《にお》い。

「ん……く……っん……」

深く激しいくちづけに意識が眩《くら》みそうになる。頭にぼうっと霞《かすみ》がかかっていくような気がしてきた。

「ふ……」

嵐のような激しさ。アラブの男のくちづけは、何と荒々しいのだろう。この地を覆う砂漠のような、太陽のような容赦のなさ。

この人のことが心底愛しい。皇太子という身分を捨てて、生き残り、安定した国家を作るのが夢だと語る。その誇り高さに惹かれている。その信念に。

「ん……」

国王にはきっぱりと断ろう、そう思った。

このひとのためになるのなら、国王の愛人になったほうがいいのかもしれない。

一瞬、そんな気持ちが頭をかすめたときはあった。

けれどそれで自由を得たとしても、この誇り高い男は喜びはしないだろう。むしろ自尊心を傷つけられ、深い哀しみを抱く気がする。

——私はなによりも皇子のそうしたプライドの高さや信念の強さに惹かれた。その崇高な精神を挫《くじ》くようなことはしたくない。

国王にははっきりと断ろう。自分は音楽講師、楽人として精一杯のことをしていくつもりだと伝えて。胸のなかでそう覚悟し、彼の背中に自分から腕をまわしたそのとき、しかしさっとサディクは志弦から離れた。

「……すまない」

「え……」

顔をあげると、サディクはついと志弦から視線をずらし、黒い布で口元を覆い直した。

今、彼は何と言ったのか？『すまない』と言われた真意がわからず、目を見開いている志弦をちらりと一瞥《いちべつ》し、彼はさも迷惑そうに肩で息をついた。

「すまなかったな、誤解させるようなことをして」

「誤解？」

「私はそなたに恋情を抱いていない。慕われても困る」

露骨なほど冷たい態度。さっきまでの優しい姿は消えてしまっている。いや、ここにきたときに初めに感じた冷ややかな空気を纏っている。

今のくちづけがそれほど不快だったのだろうか。それとも勘違いし、彼の背に腕をまわそうとした志弦のことを疎ましく思ったのだろうか。

「それなら……どうして私に……あんなキスを」

声が震える。冷静な態度をとろうとしてもできない。そんな志弦に、彼はわずらわしそうな視線をむける。

「だからすまなかったと謝っている。音楽家としてのそなたには惹かれるものがあったし、そなたのいかがわしい噂を聞き、どんな男なのか味見してみたくなったのだが」

「私の噂？」

「フランスでは、師匠の愛人だったそうじゃないか。愛欲に満ちた爛《ただ》れた関係の果てに、師匠から無理心中を迫られたと聞いている」

切り捨てるような、穢《きたな》いものでも相手にするような言い方に、さーっと冷たく乾いた空気が胸の底に流れこんでくる気がした。

「あなたも……私をそんな目で見ていたのですか」

「そんな目で見られたくなければ、簡単に男のくちづけに乗ったりするな」

「ひど……それは……私は……」

あなただから。あなたが好きだと思ったから、と反論したかったが、やめた。

こちらを淫蕩《いんとう》な人間と誤解し、あからさまに不快感を示してくる相手に、好きだから……と伝えたところで、余計に疎ましく思われるだけだ。

彼は音楽家としての自分を好んでくれてはいるが、それ以上の感情はない。

それどころか、こちらが恋情をむけるのを迷惑だと伝えてきた。きっと同性からの想いを気持ち悪く感じたのだろう。

――バカみたいだ。自分だけその気になって……彼から好かれていると勘違いして。

情けなさのあまり泣きだしたい気持ちになったが、そんな姿を見られ、さらに嫌気を示されるのも惨めだ。そう、泣き崩れたり、ののしったりするようなプライドの低い人間ではない。それができるなら、これまでの人生をもっと気楽に渡り歩いてこられただろう。

志弦は立ちあがり、静かにほほえんだ。

「ご安心ください。私は勘違いなどしてません。私もあなたの境遇に同情して、少し触れてみたくなっただけですから」

きっぱりと言い切る志弦に、サディクは目を眇める。

「強い男だな、そなたは」

それは……意地を張って反論したこちらの心情を見透かしてか。それともなにか別の意味があるのか。

「今から私が兵に声をかける。そのすきに地下水道から出ていきなさい。これをもって」

サディクは志弦に一枚のカードを差しだした。磁気が埋めこまれた通行許可証のようなもの。

「これは？」

「明朝のラクダラリーが中止になったのだとすれば、政治的になにか不穏な動きがあった可能性がある。あれは国民的行事だからな。さあ、これを使って、夜明けのアザーンが流れている間に、王宮をあとにしなさい」

「でも、ラクダラリーが中止になったのは天候のせいだと」

「この国の天候が大きく変わることはない。別の理由がある。とにかくそなたは……」

サディクがなにか言いかけたとき、地下水道に通じる扉のむこうで誰かの足音がした。

「彼がきた。もうそんな時間か」

彼――――？

すると、キィィと扉の軋む音が響き、一人の大柄な軍服姿の男性が入ってきた。

イスハークだった。どうして彼がこんな真夜中に……と思ったが、彼はサディクの親友であり、この離宮への出入りを許された数少ない政府要人だったことを思い出す。

「早かったな」

サディクの発した言葉はアラビア語だった。

「すべて予定どおりに進行している」

イスハークの返事もアラビア語だ。

「では、わざわざ暗殺者を泳がせ、こうして囮《おとり》になった甲斐《かい》があったな」

不遜《ふそん》に嗤うサディク。冷ややかで、他人を嘲《あざけ》るような表情。さっきから、時折、志弦が違和感を覚えるほうのサディクだ。

「国王は暗殺者の動きに気をとられ、俺とおまえとの関係はノーマークだったようだ」

「それはあなたがうまく立ち回っていたからもあるだろう」

「ああ。しかし今日の最高の功労者は、おまえの恋人だぞ、サディク」

あたりをぐるりと見まわしたイスハークは、部屋の片隅にいる志弦に気づき、サディクに話しかけた。

「そのアーティスト、国王が気に入っていた。愛人にしたいと。恋人を差しだせば、おまえの自由を保障すると言っていたが」

早口のアラビア語。国王、愛人……そんなことは理解できるが、あとはなにを言っているのか単語と単語をどうつなげばいいのかわからなかった。

「愛人か、国王の言いだしそうなことだな。私のものを悉《ことごと》く欲しがる。だが、この男を国王に差しだす気はない」

「では、この男、殺すことになるぞ。国王が俺に命令した。サディクが彼を差しだすのを拒んだときは、ふたりもろとも、処刑しろと」

するりと剣を抜き、イスハークは志弦に切っ先をむけた。

志弦は、大きく目を見開いた。

殺される――――？　どうして？

わけがわからず硬直している志弦とイスハークの間に立ち、サディクが剣を押さえる。

「冗談はよせ。彼を国王のハレムにやる気はない」

「そんなことを言ってると、おまえもこの男も処刑されるぞ」

「処刑はない。すべてうまくいっているということは、国王はもういないということだから
な」

「さすがだな。気づいたのか？」

「だからここにきたのだろう？　イスハーク……あなたが国王を処刑したんだな」

処刑――――？

志弦は蒼白《そうはく》な顔でサディクを凝視した。視線に気づき、サディクは冷笑を見せる。彼の肩をポンと叩《たた》き、イスハークも意味深な笑みを口元に刻んだ。

「処刑した。彼の首つり死体を東側の城壁からぶら下げておいた。国民たちは、朝陽とともに、国王の死と新たな時代がくることを知るだろう」

そのアラビア語……。瞬時に理解するには時間が必要だったが、イスハークが国王を処刑し、クーデターを起こしたということはわかった。

――サディクはそれを知っていた。ラクダラリーが中止になった本当の理由がわかっていたから、この通行許可証を私に。

朝陽が射すと、国王の死体がおのずと市民の目に触れる。そうなれば国中が混乱し、内乱状

態になる可能性もあるだろう。

中東の幾つかの国家でそうであったように、国道は封鎖され、街には暴動が起き、暴徒が暴れ回ったかと思うと、鎮圧のために軍隊が出て……。

その前に王宮から逃げなければ。暴動状態になった場合、あれだけの人数の子供たちを連れて、無事にここから脱出するのは困難になるだろう。

頭のなかでそんなことを考えている志弦をよそに、サディクとイスハークは、クーデターのあとの始末について話をしていた。

「では、国道は俺の軍に封鎖させよう。サディク、おまえもこれで自由だ。これからは、私の参謀として存分に活躍してくれ」

「ありがとう。あなたには心から感謝している。今日まで危うい立場の私を国王一派から護ってくれた」

「俺たちの夢のためだ。親戚であり、親友でもあるおまえを助けだせ、俺は満足している」

イスハークはサディクの背に腕をまわし、深くその背を抱きしめた。

強い抱擁。心から相手を思いあうような。男性同士でも互いの頬に何度もキスを交わしあって親愛を示すのはこの国の習慣だが、このふたりは、志弦などからは計り知れないほどの強い絆《きずな》がある。それがふたりの姿から伝わってきた。

「では、サディク、一カ月後、俺が王位を継いだあかつきには、この男をおまえの忠誠の証と

して捧げてくれるな」

サディクから離れ、イスハークは志弦に視線をむけた。

——え……っ。忠誠の証？　どうして。彼はなにを……。

しかも王位につくのはイスハークらしい。サディクではなく？

どういうことかと目をみはっている志弦を一瞥し、サディクがあきれたように苦笑する。

「そんなにこの男が気に入ったのか？　ただの芸術家なのに」

「だが、こんなに美しい東洋人はめったにいない。ミステリアスで、プライドが高そうな黒猫のような美貌。それに芸術家として一流の腕をもっている。彼のヴァイオリンには、国王だけでなく俺の躰も痺れた。まずはこの芸術家のパトロンとなり、ファラージュが文化的に優れた国であることを内外に示していく」

イスハークは志弦の前に立ちはだかり、あごに手を伸ばしてきた。呆然と目をみはる志弦に、イスハークは信じられない言葉を伝えた。わかりやすいフランス語で。

「サディクは約束したんだよ。彼の提示する条件、それから彼の自由を保障する代償として、おまえを俺に捧げると」

「……っ……まさか」

志弦はサディクに視線をむけた。聞き間違いであって欲しい。そうだ、なにかの間違いだ、サディクがそんなことをするはずはない。

しかしこちらにむけられた冷徹で鋭い眼光に、志弦は聞き間違いでなかったことを悟る。

「あなたは……まさかご自分の自由と引き替えに私を」

「そうだ」

肩を竦《すく》めるサディクの傲岸《ごうがん》な態度に、かっと頭に血がのぼる。

「許せない、よくもそんな卑劣な真似《まね》を！」

志弦はイスハークの手を払い、サディクに摑みかかろうとした。だがサディクは志弦の手を冷たく払いのけた。

「気安く触るな。私は王族だぞ」

冷然と告げるサディクを、志弦は信じられないものでも見るような眼差しで見つめた。

一体、彼はどうしてしまったのか。自分が見てきた彼はどこに行ったのか。優しくて、高潔なサディクのどこにこんな姿が隠されていたのか。

志弦は力が抜けたようにその場に膝からくずおれた。全身の震えが止まらない。怒りなのか哀しみなのかわからないが。

そのとき、外で花火が上がるような音がした。

「サディク、成功の合図だ。行くぞ」

成功？　なにが成功したというのか。さっきからよくわからない話をしていたが。

「これで私も前に踏みだせる」

サディクが立ちあがる。しかし彼の腿に巻かれた包帯に血がにじみ、まだそこからは鮮血がしたたり落ちている様子を、月明かりが照らしだしていた。

「その足では軍に加わるのは無理だ。おまえは空港の閉鎖を手伝ってこい。各国の大使館員を夜明けまでにヘリに乗せ、この国から脱出させるんだ。パフォーマンスでもいい、一般人よりも大使館員を優先しろ。新政権は、外国人を安全に逃がしたという印象を世界中に発信することができるからな」

「ああ」

「今日一日が勝負だ。国民たちを扇動し、一気に政権を勝ちとるには短期決戦しかない。おまえの解放も国民たちは喜んでくれるだろう。前国王の皇子として、行く末を心配している声も多かった」

「ありがたい。それに恥じぬよう、努力せねば」

「俺もだ。前国王の皇子が参謀になってくれるほどありがたいことはない。王位継承権を放棄したとはいえ、おまえは、かつては皇太子だった男だ。継承権の下位にかろうじて名を連ねている俺が王位を継ぐには、おまえの後押しがなければだめだ」

「私は王位には興味はない。私の望みは、理想の国家造り。それをあなたとともに築くことができ、この上もない喜びを感じている」

「貧富の差をなくし、国民ひとりひとりが平等な、真のイスラム統治国家を造るのが長い間の夢だったからな」

「ああ、士官学校時代からの夢がようやく叶う」

「サディク、長い幽閉生活、よく耐えたな。だがもうおまえは自由だ」

イスハークがサディクを強く抱擁する。ふたりの言葉は、志弦にも理解できた。

――サディクは、もうずっとイスハークとともに、クーデターを起こす計画を立てていた。

ふたりは、昔からずっと心をひとつにしてきた。

それはそれでかまわない、理想の国家を造りたいという彼らの理念には、年齢の近い男性として共感を覚える。だが、そのためにどうして自分が利用されなければならないのか。どうしてサディクの忠誠の証にされなければならないのか。

「では、空港での仕事が終わったあと、そなたを迎えに戻る」

イスハークが去ったあと、サディクは志弦の手首を後ろ手に縛った。

「や……なにをするんですか」

「ここにつないでおく。クーデターがおさまったあと、そなたをしかるべき場所に連れて行く」

「……国王を処刑し、本当に政権を奪ったのですね」

「ああ。今夜、王宮に王族全員が集まるのを待ち、軍隊を決起させることで計画を進めてきた。数日、いや、一週間か十日、しばらくの間、町は戦禍を被るだろう」

「どうしてあなたが国王にならないのですか？　さっき、イスハーク将軍が即位するというアラビア語が耳に入ってきましたが」

志弦の問いかけに、サディクはふっと嗤笑を見せる。

「王になる気はない。私は法に従い、自らの意思で王位継承権と財産を放棄した。国王は処刑され、彼の息子たちは幽閉されることになった。その次の継承権の所有者はイスハークだ。彼が新たな国政のリーダーになる。彼の背後には軍部がある。イスラム法学者の支持も厚い。力を集約することができる」

「軍部とイスラム法学者は……この国が欧米と親しくするのをいやがっていましたが……それでは時代に逆行した閉鎖的な、軍事政権ができあがりませんか？」

志弦はサディクを責めていた。自分の信じていた彼とはあまりにも違いすぎて。いや、あまりにも彼が豹変《ひょうへん》したことに驚いて。そしてその裏切りへの怒りで。

「いったんはな。しかしそれはあくまで仮の形だ。私とイスハークの理想は、そのようなものではない」

「そして、その理想のために……私を利用するのですか」

「ああ、これまでもそなたは実に役に立ってくれたよ。今日、日本大使館のスクールバスに大量の武器を隠し、王宮内に運ぶことができた。子供たちが乗ったバスに、武器が隠されているとは誰も想像はしないだろう。やはりノーマークだった」

「バスに兵器が隠されていることがわかったら、私たちは逮捕されていたのに……」

「チェックが入らないよう、日本大使館派遣のバスを選んだ。いつ、どんな形で子供たちが王宮にやってくるのかは、そなたのおかげで筒抜けだったからな」

「では最初からこれが目的で……」

志弦は震える声で言った。

「私にとって大切なのは、そなた個人の感情ではない。私の自由、そしてこの国の未来だ」

「他人の心を踏みにじって、なにが理想の国ですか」

「何とでも言え。だまされたそなたが悪いのだ」

悔しい。この男……絶対に許さない。

志弦は懸命に躰を揺すり、後ろ手に縛られたひもをほどこうとした。だがどうすることもできない。

「では、私は空港にむかう。そなたはここにいろ。あとでアリーをよこす」

くるりとサディクが志弦に背をむける。キィィと扉が閉じられたそのとき、志弦は後ろ手に縛られたひもがゆるむのを感じた。

――待ってろだと？　誰が待つものか。

はらり、と手首からひもがとれる。志弦は息を殺し、窓からサディクがむかった方向を確かめた。

黒衣を着た男の後ろ姿が見える。負傷している足を少しばかり引きずって歩いていく。

志弦は腹立たしい目でサディクの背を見つめた。

手ひどい裏切りをよくも。皇太子だった男としてのプライドはないのか。

――いや、もう今は考えない。もういい。もう忘れる。

軍部の者たちに囲まれながら、地下水道とは別の方向にむかって歩いている。逃げるなら今がチャンスだ。

「私は負けない。あとでイスハーク将軍から罰を喰らうがいい」

志弦は地下水道へとむかった。

夜明けまでが勝負……。朝の六時までに各国の大使館員をヘリで国外に逃がすと言っていた。それまでにここを逃げだし、子供たちを空港に送り届けなければ。

そして自分もそのヘリに乗りこむ。利用され、踏みにじられた。

だがこの国を出た瞬間、その憤りも悔しさもすべてこの国に捨てていく。それを目標に、王宮から逃げてやる。

志弦は己を鼓舞すると、地下水道を通り抜け、子供たちが泊まっている宿泊用の部屋に飛びこんでいった。

3　脱出

「急いで。早く。必要な荷物だけもって、バスに乗るんだ」

子供たちと引率の女性教師二名をスクールバスに乗せ、車を発進させる。

日本大使館に携帯から電話をかけて確かめると、クーデターの事実をうけ、他の駐在中の日本人たちも全員空港にあるヘリポートに集合させているとのことだった。

『よかった。ありがとう、真山《まやま》くん、王宮に行った子供たちと付き添いの教師たちだけなんだ、連絡がとれてなかったのは』

「全員無事です。街はどんな様子ですか？」

『新市街は爆撃を受けて壊滅状態だ。とにかく各国大使館に退避勧告が出ている。ダーナに在住の者は、三時間以内に貴重品だけをもって空港に集まるようにとのことだ』

「わかりました。今から、スクールバスで王宮を出ます」

『大丈夫か？　街は軍に包囲されている。あちこち検問が行われ、通行許可証がなければ容易に空港にむかうことはできない。しかも使用していいと言われている空港は、街の近くにあるダーナ国際空港ではなく、砂漠の中央にある、国内専用に使用されていた空港のほうだ』

「場所ならわかります。通行許可証がありますので、このままその空港にむかいます」

『急いできてくれ』

「急ぎます。あまり時間がないので」

郊外の空港は、平時であれば二時間もあれば行ける距離だが、果たして無事に三時間以内に着くことができるかどうか。

テレビ、ラジオの回線のすべてが寸断され、町のあちこちから火の手があがっている。

夜明けの時間なのに、火災が起きているせいか、燃えさかる黒煙が広がって、明け方の空には薄墨を溶かしこんだような暗雲が広がっていた。

——この日のために……サディク皇子は私に近づいたのか。

彼への憤りは湧いてこない。むしろ湧いてくるのは己への怒りだ。彼を信じてしまった自分への。そして本性を知らないまま愛してしまった自分への。

王宮の外に出ると、城壁の前には累々と横たわる屍《しかばね》。すぐに検問に捕まった。

「これを……」

サディクからもらったそれを提示すると、軍の検問所を通り抜けることができる。

——この通行許可証……サディクは、最初は私を逃がす気だったのか？　彼がわからない。

本当は悪い男ではないのか。優しい側面、冷酷な顔。どちらが本当の彼なのか。

しかしそれを冷静に考えている余裕はない。ぞくぞくと集結している兵士たち。誰かが銃殺されているのか、それらしき音が聞こえてくる。

「……っ」

遠目からもダーナの新市街の建物が大きく破壊され、今もまだ激しい戦闘がくり広げられているのが伝わってきた。

倒れていく市民たち。あちこちで燃えさかる焔《ほのお》。

子供たちが恐怖に泣き叫ぶ。バスのなかに響き渡る阿鼻叫喚《きょうかん》。志弦《しずる》は運転席に座って、引率の女性教師に言う。

「外を見せないようにしてください」

「は、はい」

火炎と爆撃を避けながら何とか新市街の近くまできたとき、今度は背後で大きな爆発音が聞こえた。

外資系企業の入ったビルが破壊され、崩壊していくのがミラーごしに見えた。

遺体や負傷者たちが蹲《うずくま》る路地や火災が発生している地域を避け、志弦は必死にスクールバスを運転した。

あちこちから聞こえてくる銃声。薄暗い闇を切り裂くような悲鳴。

三時間以内の、外国人への退避勧告。間に合わなければ、殺されても文句は言えない。とにかく子供たちを空港に届けなければ。

　志弦は自分でも信じられないほどの勢いで車を運転していた。

　――サディク皇子……あの男には負けない。あの男の思いどおりになってたまるか。絶対に私自身も逃げ延びてやる。

　新市街にある自宅に戻るのは無理だ。このまま空港に行くしかない。

　激しい戦闘中の市街地を抜け、空港までやってきた志弦は、日本の大使館職員から指示された駐車場にバスを停めた。

　待ち構えていた若い大使館職員が駆けよってくる。

「真山くん、こっちだ、ありがとう。きみのおかげで二十人の児童を救いだすことができた。親御さんたちも心配されていたが、説得して、一機前のヘリに乗ってもらった」

「ええ、間に合ってよかったです」

「空港もすぐに封鎖されるとのことだ。とにかく子供たちをこちらへ」

「わかりました。さあ、急いで。人数を確認してください」

　女性教師たちと人数を確認し、迎えの職員とともに日本人用の軍用ヘリが待機しているヘリポートへとむかう。

　すでにプロペラがまわっているヘリのまわりには突風が吹きあがっている。

　子供たちが泣きじゃくりながらヘリに乗っていく。そのとき、女性教師の声が響いた。

「真山先生っ、大変です、仁美《ひとみ》ちゃんがいません！」

仁美ちゃん――――？

ああ、色白のめがねをかけた小学二年の生徒だ。

あたりを見まわすとその姿はない。だが、バスで空港に到着したときにはいたはずなので、どこか、この近くではぐれたのだろう。

「だめだ、さがしている時間はない。我々があと五分以内にここを発《た》たなければ、次に控えているファラージュからの脱出者のヘリが飛び立てなくなる」

ヘリポートを使用できる数は限られている。

確かに一機の遅れが致命的になる。そのとき、志弦の目に一台のバイクが飛びこんだ。幸いにもキーがついている。

「待ってください。私が、バスを停めていたところまで戻って確認します。携帯電話ですぐに連絡します。五分以内に往復してきますので」

「わかった。五分、いや、何とか十分待つ。たのんだぞ」

「はい」

二五〇CCのバイク。これなら運転できる。志弦はバイクに飛び乗り、バスを停めた駐車場へとむかった。

ダーナの新市街の上空が赤々と燃えている。

美しかった建物、オフィスビル。新市街は見る影もなかった。くる途中に見た無残な遺体の数々。本当に内戦が起きているのだということを改めて認識する。

バスの前まで戻ると、ちょうどドアの前で蹲《うずくま》って泣いている女子生徒の姿が見えた。

混乱のさなかに転んだのだろう、膝《ひざ》がすりむけ、めがねが割れていた。目が見えないため、集団からはぐれてしまったに違いない。

「仁美ちゃんっ!!」

「……志弦先生？」

「見えていないんだね、今、そこに行くから動かないで」

バイクを停め、志弦はヘリで待機している大使館の職員に電話をかけながら仁美のそばに近づいていった。

「仁美ちゃん、見つかりました。今からすぐに引き返しますので。さあ、仁美ちゃん、私にしっかりと摑まるんだ。いいね」

仁美を抱きあげようとしたそのときだった。バスの後部から漏れているガソリンに火が近づいていることに気づいた。

「仁美ちゃんっ、逃げるんだ！」

彼女を抱きあげたその瞬間、激しい爆音とともにバスが炎上し、近くに建っていた石造りの事務所がこっぱみじんに粉砕される。

「うっ！」

志弦は、とっさに仁美を躰《からだ》で庇《かば》った。

瓦礫《がれき》が降り注ぐなか、激しく吹き飛ばされ、土塀にぶち当たったふたりの頭上からぱらぱらとコンクリートが降り落ちてくる。バイクにも延焼して燃えあがっていた。

「く……」

だが仁美は無事だった。せめて走って逃げよう。ほっとして立ちあがろうとしたそのとき、コンクリートの壁が志弦の左足の上に崩れ落ち、動かせないことに気づいた。

——だめだ。挟まって動けない。どうしよう、あと五分もないのに。

せめて仁美だけでも逃がしたい。迎えを呼ぼうと思ったが、携帯電話が爆風で手からこぼれ落ち、あたりに見当たらない。

場所さえわかっていれば、仁美をひとりで走らせるのは可能だが、仁美は、日本大使館のへりがどこにあるのかわからない。めがねもなく、弱い視力のまま、どう説明したところでひとりで行くことはできないだろう。

どうしよう、どうしたら。

そう思ったとき、炎上する煙のむこうから近づいてくる蹄《ひづめ》の音が聞こえた。もうもうと立ちこめる煙のむこうにうっすらと見える黒装束、そして黒い馬……。

砂煙と火炎とがくるくると渦巻いて螺旋《らせん》階段のように上空にむかって立ち上っていくなか、

黒いアラブ服を靡《なび》かせ、漆黒の艶《つや》やかなアラブ馬に乗った悪魔のような男——サディクだった。

「逃亡をはかったのはいいが、一体、なにをしている。そんなところで、惨めに瓦礫に埋もれて。そのままだと死ぬぞ。今、助けてやる」

冷ややかな眼差《まなざ》しで見下ろす男。志弦は鋭い目で彼を見あげた。

誰がこの男の助けなど……。そう思ったとき。

「志弦先生……」

泣きながら仁美が志弦の腕を摑《つか》む。はっとして志弦は我にかえった。今だけ、憎しみは忘れる。背に腹は代えられない。

「サディク皇子……お願いがあります。この子を大使館のヘリに届けてください。あと三分あるかどうか。私を助けていたら間に合わない。だから」

「そなたは……そのままだと死ぬぞ」

「私はいいと言ってるでしょう！　それより、早くこの子を！　第五格納庫の前のヘリポートです。あなたの馬なら間に合う」

「私に任せるのか」

「他に方法がないでしょう」

「私を信じるのか」

「あなたを信じてはいけませんか？」

するとサディクの闇色の目が痛ましそうに志弦を捉える。視線が絡んだ一瞬、その突き刺すような眼差しの鋭利さに、躰の芯《しん》がぞくりと痺《しび》れる。

双眸《そうぼう》の奥に揺らめく冷ややかな焔のようなもの。それは何なのか。こちらを責めているようでもあり、こらえきれない憤りを懸命に抑えようとしているようでもある。

「では、この子を助けてやったら、私のものになるか」

覚悟を決めたように、彼が問いかけてくる。

「え……」

「私からの貢ぎ物になるかと訊いている」

それはつまり、イスハークのものになれということなのか。

志弦はぎゅっと手のひらを握りしめ、忌々《いまいま》しい眼差しでサディクを睨《にら》みつけた。

どうせ火の手がまわってきて自分は死ぬ。貢ぎ物もなにもないだろう。だけどそう答えれば、仁美は助けることができる。幼い女生徒を道連れにはできない。

「わかりました、助かったときは、どうぞあなたの好きに。その代わり、この子の命を助けて。早く急いで！」

志弦の返事に、サディクは苦笑する。

「すぐに届けてくる。第五格納庫の前だな」

サディクは仁美の腰を抱きこむと、さっと馬に飛び乗った。馬腹を蹴《け》り、手綱を摑んで煙のなかへとむかっていく。

煙と焰を混じらせた烈風が吹きあがり、大きくうなりをあげて風が渦巻いているむこうに、サディクの姿が消えていった。

――仁美ちゃん……どうか無事で。

彼らの姿が消えると、あたりに静けさが広がるような気がした。

無事に届けてくれるかどうか。いや、多分大丈夫だろう。

志弦は半身を起こし、膝に乗ったコンクリートの瓦礫を、もう一度、取り除こうとした。だが、重すぎてまったく動かせない。

志弦は肩で息をついた。もういい。どうせこの国の外に出ても、どうやって生きていけばいいのかわからない。行き場のない身の上だ。

サディク皇子――崇高な理想をもった気高いひとだと信じていた。彼を自分の希望のように感じていた。

けれど彼は志弦のことなど手駒《てごま》のひとつとしか考えていなかった。

『私からの貢ぎ物になるかと訊いている』

それがこの国のルールなのか？

国王も言っていた、大事なものを捧げるのが慣習なのだと。これまでこの国の人々はそうした行為を行ってきたのか？

そうしないと、サディクは牢獄から出られなかったのか？　イスハークと信頼しあい、クーデターを起こしたのではないのか？

それなのに、どうして忠誠の証を必要とするのか？

次々と湧く疑問。考えるだけでむなしくなってくる。そして淋《さび》しさがこみあげてくる。

何のために生きているのか。何のためにこの国にやってきたのか。

すっぽりと躰から力が抜けたように、この場から助かろうという意欲さえ失われてしまっている。サディクに負けたくはない、理不尽な要求に負けたりしない……という執念で、子供たちを連れて、ここまできたけれど。

火の手が近づいてきて、だんだん息苦しくなってくる。午前八時になろうとしている。もうこの国に残っている外国人はいないのだろうか。

ゴホゴホと咳《せき》が出てくる。煙を吸って、このままここで焼死してしまうのだろうか。

ゆったりと横たわり、志弦は空を見あげた。

煙のむこうに見えるファラージュの青い空。この国の、曇りのない空の色が好きだった。

志弦は、静かに右手を上空に伸ばして、ヴァイオリンの弓をもっているときのような動きをしながら、左手を伸ばしてそこに楽器があるような感覚で手を動かしてみた。

もうこの手で音楽を奏でることはないけれど、せめてなにかを演奏しながら逝きたい。

目を瞑《つむ》り、頭のなかで『ツィガーヌ』を思い描く。

ドラマチックな冒頭、ジプシーをテーマにしたエキゾチックな雰囲気と不協和音、左手の心地よいピチカート……もう一度、演奏したい……と思いながらも、少しずつ気が遠くなっていきそうになったそのとき、ふと耳に触れる蹄の音があった。

——この音は……。

朦朧《もうろう》としながらうっすらと目を見開くと、ふっと視界にかかるシルエット。顔にかかる黒い影。見ればそこにサディクがいた。

「……助けにきた。約束を果たしてもらうために」

志弦は虚《うつ》ろな眼差しで馬上にいる男を見あげた。

「そして……イスハーク将軍のもとに行けと?」

「この国の平和、独立……そのためには手段は選ばない。そなたは私のものだ」

はらりとクフィーヤをはためかせながら馬から降り、サディクは志弦の膝から下に乗った瓦礫を取り払おうとした。

「う……っ」

かなり重いのだろう、少し動かすことはできてももちあげることはできない。

志弦はその横顔をじっと見た。煙がたちこめるなか、自らの危険もかえりみず、真剣に瓦礫を取り払おうとする横顔。一緒に音楽室で過ごしたときの彼だ。

志弦が愛しく思った彼がそこにいる。それなのに。

「もういいです、私の前から消えてください」

「私が許せないのだな」

「あなたは私を利用した。それだけならいい。でもどうしても許せないことがふたつあります。子供たちの乗ったスクールバスを利用し、彼らを見捨てようとした。それから私の誠意を裏切った。この二点を私は生涯忘れることはできないでしょう」

「恨みたければ恨めばいい。私にとって大切なのは、私の自由、そしてこの国の未来だ」

冷然と言い放つサディクに、志弦は激しい怒りを覚えた。

しかしそうしている間にも焔が迫ってきていた。

このまま燃え広がれば、飛行場の格納庫まで焔がたどり着く可能性もある。そこにあるヘリコプターや飛行機に引火すれば、たちまち大爆発を引き起こす。

重なった瓦礫や廃材に燃え広がり、息をするのも苦しい。ゴホゴホと激しく咳きこみながら、志弦はサディクの肩に手を伸ばした。

「皇子、もういいです。このままだと心中することになります。あなたはあの馬に乗ってここから消えてください。このまま格納庫まで焔が近づくと、ヘリや飛行機が爆破してしまう。そうなれば、あなたの命も危険に。私はあなたと心中するのはごめんです。憎い相手の顔を見たまま死ぬなんて……」

「あと少しだ。待て」

大変なことになっているのに、サディクはひどく冷静だ。こうした修羅場に慣れているのか。

「行ってください。生きても地獄なら、死んだほうがマシです」

そう言った志弦の頬をサディクがパンと叩《たた》いていた。

「私の前でそれを口にするな」

鋭い眼差しが志弦の眸を突き刺す。

「……」

「常に死に直面してきた人間の前で、死んだほうがマシだなどと口にするな。だから私は助かる命はすべて助ける」

怪我《けが》をしている彼の腿《もも》には、再び血がにじみだしている。しかしそれにもかまわず、真剣な表情で彼は瓦礫をのけようとする。今、命が危険になっているにもかかわらず。

とっさに志弦はサディクの頬を叩いていた。手にははじけるような痛みが走る。

「……っ」

目を眇《すが》め、サディクが志弦を見つめる。志弦はその眼差しを睨みつけた。先ほどの彼ときっと同じくらい鋭い視線を投げかけていただろう。

「行ってください。あなたがどういうふうに死とむきあっていたか知りませんが、私にも私の人生観がある。あなたに踏みにじられた人生など歩みたくない」

「だから見殺しにしろと？」

「ええ、あなたに助けられるくらいなら見殺しにされたほうがマシです」

「残念ながら、それは不可能だ。そなたは私と約束した。あの少女を助ける代わりに、私のものになると」

サディクはそう言うと、自身の腰から短剣を抜きとり、それを瓦礫の下に差しこんだ。テコを使うときのように、彼がぐっと手に力を加えた刹那《せつな》、ふいに膝が軽くなった。

「よし、今のうちに抜けだせ」

志弦の腕を掴み、サディクが瓦礫の下から救いだしてくれた。

「さあ、行くぞ」

躰をひきあげられた瞬間、あたりに紫煙があがった。はっとした刹那、激しく爆音が響いた。ドーン。格納庫にあったヘリが爆発した。

「ううっ！」

ふたりにむかって大量の破片や瓦礫が落ちてくる。馬がいななき、激しい爆風に吹き飛ばされそうになる。

「危ないっ、志弦っ！」

志弦の躰を抱きかかえるように、サディクが蹲る。

「サディク皇子……！」

「く……っ」

彼の額から滴る血。その背にのしかかっている壁。あたりは焔の海。もうもうと立ちこめる煙に息もできない。

もうだめだ、そう思ったとき、大量のエンジン音が背後から聞こえてきた。消防車があたりの焔を次々と消していく。サディクは冷ややかに嗤《わら》った。

「……軍隊だ……我々は助かったぞ」

ふり返ると、数台の軍用車が現れ、なかから出てきた兵士たちがサディクの背を覆っていた壁を取り払う。その中央から兵士たちにうやうやしく囲まれて出てきたのは、軍服姿のイスハークだった。

「サディク、おまえ以外の王族は、すべて王宮の地下牢に幽閉した。彼らについていた空軍の一部も俺に降伏した」

「おめでとうございます」

サディクはさっと黒衣をはためかせ、一歩、二歩とイスハークの前に行くと、兵士たちがずらりと居並ぶ前を進み、その手をとった。

「イスハーク。これでファラージュはあなたのものだ」

サディクの言葉に、イスハークは満足げに微笑する。

兵士たちの居並ぶなか、前の皇太子が跪《ひざまず》き、イスハークに忠誠の誓いを立てる。その行為がなにを意味するのか、それは外国の人間の志弦にもはっきりとわかった。

イスハークは微笑したままサディクの肩に手をかけ、立ちあがらせた。

「サディク。そなたは、今日から私の参謀にする。そしてこの国のこれまでの体制は、かねてからの予定どおり今日を最後に終了する」

「わかった」

「一カ月後の建国記念日に、私が国王になり、軍部による政権を維持する。その一カ月の間に国内にいる叛乱《はんらん》分子をすべて排除していく。少しでも前体制を望む人間がいれば逮捕しろ」

軍部による政権支配。前体制の廃止……。わかりやすく、はっきりとしたアラビア語は志弦にも殆ど理解することができた。長い間、ふたりは虎視眈々《こしたんたん》とこの機会を狙《ねら》っていたらしい。

「サディク、では、今からその男を夏の離宮に運べ」

「夏の離宮？　砂漠のオアシスにあるあそこか」

「王宮は火災で修復が必要になった。しばらく政治の中心は、夏の離宮で執り行うことにした。そなたにも別邸を用意した」

「ありがとう」

「そこにその男を連れて行け。そして夜までに、俺の相手をするのにふさわしいよう磨いておくんだ。いいな」

「承知した」

夜までに、では今夜――？

「いやです、皇子、お願い、どうか」

志弦は蒼白《そうはく》になり、自分を軍用車に連れて行こうとする兵士の手から逃れようと必死になってもがいた。

「だめだ、志弦。そなたに逆らう権利はない。約束したはずだ、さっきの子供の命を助けるために、そなたは私のものになると。さあ、この男を離宮に連れて行け」

居丈高に言うサディクに、志弦の心は氷結した。

それでも強い眼差しで睨みつけると、そんな志弦の表情を楽しむようにサディクは艶やかに微笑した。

「恨むなら、私にだまされた愚かな自分を恨むがいい。そなたほどだましやすい人間はいなかったぞ。甘い言葉でそなたを誉め、理想を口にし、優しい態度を示しただけで、私に愛情を抱くようになった」

「な……」

「まあ、それも仕方のないことだと同情はしている。フランスで愛人と問題を起こし、クラシック界を追放され、行くあてを失ってここにきたのだからな。淋しさにつけこむことほど簡単なことはなかった」

「許さない……私はあなたを絶対に」

志弦は手のひらが痛くなるほど強くこぶしを握りしめていた。

どうあっても、彼は自分を利用することしか考えていない。

どうしてこんな男を好きになったのだろう。どうしてこんな男のいる国にやってきたりしたのだろう。

4　愛妾へ

首都ダーナの郊外にある夏の離宮。

別名、鷹《たか》狩り用の離宮へと連れて行かれた。

なにもない広大な砂漠を、ダーナから車に乗って小一時間ほど進んだところにある、オアシスに囲まれた風光明媚《めいび》な丘陵に建てられた離宮である。

砂漠の真ん中にあるとは思えない、水と緑と花と光に充ち満ちた美しいイスラム庭園。アラビアンナイト風スパホテルのような風情《ふぜい》が漂う空間となっていた。

モダンなシステムと、千夜一夜の雰囲気を融合させた新しい宮殿。

「しばらくはここが政治の中心になる」

サディクとともに、志弦は離宮内にある別館へと連れてこられた。

自分はこれからどうなるのだろう。

仁美の命を助けてくれたサディクに、彼のものになると約束した。

けれど、サディクが望んでいるのは、彼自身のものになるのではなく、彼の駒として、イスハークのハレムに入ることだ。

――イスハークのものになれというのは。しかもこの国の軍事政権を支えるための芸術家になれとめちゃくちゃなことを要求されている。

音楽は命じられて演奏するものではない。王宮で演奏した音楽がすばらしかったというのなら、それは孤独なサディクを思って演奏したからだ。

彼への思い、彼に自由になって欲しいという祈り。それをこめていたから。

「こっちにきなさい」

別館の奥へと連れて行かれる。

パティオの泉水のまわりには、この国の国花として愛されているダマスクローズが噎《む》せそうなほどふんだんに咲いていた。

他には、純白の天人花、夾竹桃《きょうちくとう》、真紅のブーゲンビレア……など、壊滅的な被害をうけた首都ダーナの新市街からは想像もつかないような、優雅で、楽園のような世界がそこに広がっていた。

水盤から流れ落ちていく水の筋。

太陽の光がそれをきらきらと煌《きら》めかせ、幻想的な空間となっている。

上空から降り注ぐ真昼の太陽が繊細で優美な庭園をあざやかに照らしだしていた。

こんなところがこの世にあったのかと思うほど、ここだけが時間が止まったような美しさに包まれている。

夜になれば夜で、千夜一夜の夢物語のような、それこそ『シェヘラザード』でも演奏したくなるような夢のような世界が広がるに違いない。

「これからハマームで身を清めろ。国王に即位するイスハークの愛人のひとりになれるんだ。即位式のときにはヴァイオリンを演奏するそなたの姿が世界中に放送される。もっと美しく磨いていかねばな」

あたたかな湯気の出ている部屋の前までくると、サディクはまわりにいた男性の使用人に志弦の衣服を脱がせるように命じた。

「皇子……やめ……」

ハマームは中東周辺で習慣にされている入浴の場のことをいう。ローマ風呂とも似たりよったりだが、日本でいうスパのようなものである。

「全裸になれとは言っていない。アラブ風の衣装に着替えるんだ」

志弦は使用人に両手を摑まれ、さっと身につけていた衣服を脱がされ、白いアラブ風の服に着替えさせられた。

幕が開かれ、ダマスクローズの香りが充満した石造りの、屋外浴場へと案内される。

乾いた砂漠の真ん中にあるとは思えないほどのふんだんな水の量。

まわりを椰子《やし》の木や糸杉で囲まれた屋外庭園。

そこに立ちこめている湯気。湯に浮かんだローズの、噎せそうなほど濃い匂《にお》い。

優美で繊細な細密画が刻まれた半円形のアーチの門。

ファティマの手が刻まれたアーチをくぐりぬけると、イスラム風の幾何学模様が描かれたエキゾチックな空間。

その奥に大理石の浴槽があった。

上空からのあざやかな日差し。湯船には、蓮《はす》の花が浮かべられ、よく見れば、それがアロマキャンドルになっていて、なかに小さな火が灯《とも》っているのがわかった。

「さあ、彼をそこに」

サディクの命ずるまま、使用人ふたりが志弦の両脇を掴み、湯の流れている大理石のベンチに座らされる。

「おまえたちは、外に出ていろ」

使用人が出ていったあと、サディクはじっと志弦を見下ろした。その姿。初めて見たときのような優雅な男というよりは、秘めた野心をもった野性の男といった風情が漂う。

「これからここにイスハークがくる。その前に湯浴《ゆあ》みをしろ。続き間になった寝室で彼の相手をするんだ。私も手助けをする」

サディクはクイと親指を立て、薄いカーテンで仕切られたむこうの空間を指さした。

ハマームに面した神殿のような空間。

よく見えないが、花々で彩られた空間に、天蓋《てんがい》付きの大きなベッドが鎮座している。志弦はごくりと息を呑《の》んだ。

――バカな……これからそんなことを。

激しく頭が混乱していた。

「サディク皇子……あなたは、プライドを捨てたのですか。私にそんな辱めを与え、卑しい真似《まね》をさせて……それがあなたの理想とする国家のための礎《いしずえ》となるのですか」

とてつもなくひどい態度をとられてはいるが、それでもまだ彼を心のどこかで信じたい気持ちがあった。

まだ昔のサディクに戻るのではないか、という期待。しかし彼の闇色の冷ややかな双眸《そうぼう》からは昔の優しさは感じられない。支配者の尊大さをにじませているだけ。

「あいかわらずの綺麗ごとを。そなたのその誇り高さ、人間としての高潔な考えは見事なものだと思うが、だからそなたはすぐにつけこまれ、簡単にだまされるのだということがわからないのか」

「自ら私をだましておいてよくもそんなことが」

「恩師にもそうであったではないか。どうせ、そなたのその生真面目さに相手がつけこんだのだろう。あげくの果てに愛人にされ、無理心中させられそうになり、逮捕されたかと思えば、最終的には難聴になって引退するしかなかった」

サディクはわざとプライドを傷つけるようなことを口にしてきているのか？

「才能も美貌もありながら、そなたの人生がことごとくうまくいかないのは、そのまっすぐな性格ゆえ」

「どうして……あなたにそこまで言われなければならないのですか」

志弦は長い睫毛《まつげ》にふちどられた目でじっとサディクを睨みつけた。

わずかに足を引きずりながら歩み寄ってくるサディク。

肩に伸ばされた手から逃れるように、その怜悧《れいり》な顔に志弦はとっさに手をあげた。よけることもなく、サディクは頬《ほお》をはたかれたまま、口元に不遜《ふそん》な笑みを浮かべる。

「気が強い男だ」

「皇子、私はしがない音楽家です。あなたの政争の道具にされたあげく、将軍の性奴隷となるためにここにいるのではありません」

「立場を自覚しろ。私はそなたと約束したからこそ、焔のなか、負傷した足の痛みをこらえ、馬を走らせ、あの子供を助けたというのに」

それを言われれば、なにも返すことはできない。だが。

志弦はぎゅっと手のひらを握りしめ、じっとサディクを見つめた。

「それにそなたは勘違いしているが、イスハークは軍部による独裁国家を目指しているのではない。この国の貧富の差をそなたも知っているだろう」

「え、ええ、それは」

「叔父は私の父を暗殺したあと、ムスリムとしての誇りを捨て、アメリカに魂を売り、私腹をこやし、国民の多くを貧困と飢餓のなかに苦しめてきた。イスハークは国家の行く末を憂い、私にクーデターの相談をもちかけてきたんだ」

サディクは静かに、説得するように続けた。

「幽閉中の私にクーデターの相談をする。それがどういう意味かわかるか」

「……知っています。これまでも多くの人間が処刑されてきたではありませんか」

幽閉中の彼のところに行き、政治の話をした者は、即刻、処刑。

まるで叛意のある人間を焙《あぶ》りだすことを楽しむかのように。裁判もなかった。そしてそれが国家の暗黙のルールになっていた。

つまり、イスハークは、命がけでサディクにクーデターの相談をしたということになる。

「では、どうしてあなたが国王にならないのですか。将軍を国王にするというのは変な話ではありませんか」

「私は、すでに王位継承権を放棄している。それに、六年前、私の母方の血筋のことが問題で内乱になった」

そこへイスハークが十数人の部下を連れて入ってきた。部下のなかには、サディクの側近のアリーもいる。

「どうした、まだ湯浴みもさせていないのか」

イスハークがドンと靴音を踏みならす。

「さすがに恋人を他人に捧げるのには勇気がいるか。他の者たちは、俺への忠誠の証として、恋人や妻を褥《しとね》に送りこんできたぞ。尤《もっと》も、どの女も俺を満足させられないので、早々にお払い箱にしてやったが……さてさて、おまえの恋人はどうかな、サディク。この日本人は俺を満足させられそうか？」

腕を組み、冷然とサディクを見つめるイスハーク。その前に跪き、サディクはイスハークの手をとり、その甲にくちづけした。

「私からの誠意をうけとってください。彼の美貌、彼の楽人としての腕は、あなたの後宮に華を添えてくれるはずです」

サディクの態度は完全な臣下のそれだった。親友で、親戚で……誰よりも信頼しあっていたのではなかったのか？

イスハークの背後にいた十数人の部下たちがその様子をじっと見つめる。さっきまでと明らかに眼差しの真摯《しんし》さが違っていた。

元国王の皇太子。その彼が跪き、イスハークに忠誠を誓うということはどういうことなのか。理解できた。

――そうか……そういうことか。

イスハークは、王位継承権をもつとはいえ、母方の血筋をひくので、継承の順位は低い。国内での地位をかためるため、サディクからの忠誠がどうしても必要なのだ。

サディクからのキスをうけいれると、イスハークは腕を組み、志弦に近づいてきた。

「ミステリアスで美しい男だ。しかも生意気な目がいい。今からこの男の躰を確かめる。サディク、彼をハマームに連れて行け」

「さあ、こっちへ」

「………な……っ」

「今夜はイスハークがきている。彼の手によってそなたが淫《みだ》らな獣へと変化する手助けをするつもりだ」

サディクが志弦をハマームの中央へと連れて行く。サディクはするりと腰に巻いていた自身の皮のベルトをひきぬくと、志弦の両手をひとつに縛った。

そのままそこにかけられた鎖が天蓋から降りている鎖とつなぎあわされる。

両手をつながれたまま、ハマームの中央にやられた志弦をサディクが後ろからはがいじめにする。膝より少し上の高さくらいまでの湯が広がった広々としたハマーム。このままここでなにをされるのか。

「やめ……こんなこと……どうしてっ」

問いかける声がハマームに反響し、サディクが冷たい笑みを浮かべる。

「私のものになるという、約束を果たしてもらう。私はそなたの願いを叶《かな》えた。そなたも私の願いを叶えろ」

約束……。しかし……。

「新しい国家の出発の日、この国の支配者のための、誇り高く、美しく素直な愛人になるんだ。私はそなたのことを心底愛しく思っている。だからこそイスハークに差しだすのだ」

サディクは志弦の耳元で囁《ささや》いた。

「ではこれから、恋人の手でプレゼントされた忠誠の証を頂くこととするか。おまえたちは廊下で待機していろ」

部下をしりぞけ、そこにはサディクとイスハークと志弦だけが残った。

「私には理解できない。あなたにはプライドがないのですか、皇子！」

志弦は首をかしげ、これ以上ないほどの憎悪と怒りの眼差しをサディクにむけた。

そのさまが気に入ったのか、軍服の裾《すそ》が濡《ぬ》れるのもかまわずイスハークは志弦の前へと進み、あごに手をかけてきた。

「その狂暴な目……美しい。俺はこういう男が好みだ。この美しい男が自分のために淫らな獣になるさまは実に楽しい。しかもそれが愛すべき親友の恋人というのは最高ではないか。おまえの誠意を喜んでうけいれるぞ。では、サディク、これを使うぞ」

イスハークは袂《たもと》から派手な装飾をされた小さなガラス瓶をとりだすと、サディクはぐいっと後ろから志弦の片足をもちあげた。戦慄《せんりつ》が背筋を駆け抜ける。

「く……それは……一体……」

「ファラージュ王家に伝わる秘薬『処女の泉』だ。鉄のような処女も、この秘薬を使えば、泉のように蜜《みつ》をあふれさせ、男を喜ばせる躰になるという。といっても、成分が強烈すぎて、女性には常用させられない。子を孕《はら》んだあとも男が欲しくなってしまうやっかいな代物だ。今では小姓を調教するときにのみもちいられる」

志弦は息を詰めた。

「常用すれば……って……まさか依存性がある薬……なのですか」

「依存性はない。ただあまりによすぎて、もう一度使いたくなるだけだ」

「それを依存性とは言わないのですか」

「答えは躰で確かめろ。さあ、始めるぞ。いいな、サディク」

イスハークがそう告げると同時に、サディクの手で足をさらに広げられた。悪夢のような時間が始まろうとしていた。

「う……っ……」

太陽が降り注ぐ、花にあふれた庭園のなかのハマーム。熱帯植物園のようにパームツリーの葉が揺れている。そんななか、昨日まで愛していた男に後ろから足を抱えられ、別の男に体内に奇妙な液体を注ぎこまれていく。

「あ……っく……っ」

これまで誰にも触れられたことのないその部分。サディクを好きだと自覚したとき、きっとなにをされてもうけいれただろう。けれど実際のところ、どこでどんなふうにどうするのかなど考えたこともなかった。

サディクに恋をするまで、ただただ音楽一筋の人生を送ってきた。

両親に似た華やかな風貌のせいで、多くの誤解を生み、躰で審査員や講師をたぶらかしているという噂《うわさ》が流れたり、フランスでも師匠の愛人だったと言われてきたが、実際は誰にも触れられたことがない。

本当に好きな相手以外と、そういうことはしない。そう決めていた。

そして生まれて初めて、心から愛しいと思える相手が現れた。

しかしその矢先に、恋しい相手から別の人間の愛人になれと勧められ、性の奴隷になるためにこんなことをされているなんて。

「あっ……」

抵抗するたび、ハマームの湯から湧きあがる甘い香り。ダマスクローズや蓮が入り交じった官能的な匂いが鼻腔をつく。

「将軍、皇子……もう……どうか。それ以上はどうか」

埋めこまれた液体が粘膜に染みこんでいくにつれ、躰の熱が上昇していく。

「……あなたたちを軽蔑《けいべつ》します」

志弦はイスハークを睨みつけ、唇を嚙《か》みしめた。

「……っ」

次の瞬間、はがいじめにしているサディクの指先にきゅっと布ごしに胸の粒を弄られる。奇妙な感覚が躰を駆け抜け、志弦は大きく身をよじらせた。

「く……っ……よくもこれほどの恥辱を……何の罪もない人間に」

手首にベルトが食いこみ、すり傷ができたような摩擦熱が走る。

「罪？　ああ、罪はない。だが負け犬だ」

「負け犬？」

「醜聞から逃げようとしてこの国にやってきた。プロとして一流になるのをあきらめ、ここにしか生きる場所はないと泣き言を口にし、優しくすればすぐに懐き、甘い言葉に流されてすぐにくちづけを許してくれた。そして結局は利用され、最低の扱いをうけることになる。そのような人間を負け犬とは言わないのか？」

サディクの声音ににじむ侮蔑の色。

その言葉の意味を徐々に理解するにつれ、体内に含まれた秘薬の熱さえも一気に消え失せるような、哀しみが絶望となって全身に浸透していった。

「あなたは……私のことを……そんなふうに見ていたのですか」

「……ああ」

サディクの声には冷ややかな色しかにじんでいない。

「ひどい……」

「憎むなら憎め。私はそういう男なんだ。さあ、あきらめて快感に従え」

「いやだ……誰が……」

「プライドが高いのはけっこうだが、そなたはしぶとすぎるぞ」

「屈したくないだけです……あなたのような卑怯者《ひきょうもの》に」

——この男……絶対に赦さない……。

あくまで屈しない志弦が気に入ったのか、イスハークは立ちあがり、志弦の顔を覗《のぞ》きこんできた。

「いいものだな、サディク。プライドの高い芸術家というのも。さすがおまえの恋人だ。世界一流の者はそうでなくては」

「最悪の男たちですね。……負け犬は……私だけじゃない、サディク皇子、あなたもだ……。皇子としてのプライドを捨てて、軍事政権に荷担し……与えられた仕事は……恋人を差しだす。惨めな皇子が……いたものだ」

いっそ怒りに触れ、殺されたほうがマシだ。そう思った。

淫らな振る舞いをするのも耐えられない。快楽を求めるだけの獣にもなりたくない。

なにより一途な愛を裏切られた相手に。そんな思いがこみあげ、志弦は棘《とげ》のある言葉を吐いたが、サディクの態度は変わらない。

「……私は……確かに負け犬ですよ。……クラシック界の寵児《ちょうじ》になるはずが……こんなところで……性奴隷にされそうになっている……でも、軍事政権に魂を売った皇子よりはマシだ……私の心は……まだ誰にも売っていない」

薄い笑みを浮かべ、わざと皮肉めいた口調で言う。だが、本心だった。

秘薬が浸透した躰は刻一刻と快楽に塗《まみ》れていくというのに、こんなことを口にしていると心はどんどん冷静になっていく。

そう、心だけが躰から分離していくように。

「では、そなたにはもっと甘い快楽の生き地獄を与えねばならないな。じわじわと砂漠で灼《や》け焦げていくように、肌の細胞ひとつひとつが感じやすく、淫らな熱を求めてやまぬようになるように」

サディクは手のひらで湯をすくって志弦の胸に湯をかけていった。その湯さえも刺激となって、乳首がぷっつりと尖《とが》ってしまう。

白いシルクの布が肌に張りつき、うっすらと乳首が透けている。サディクの手がその上を覆い、胸の薄い皮膚をたぐり寄せるように揉《も》んでいく。指の腹でぎゅっと粒を圧《お》し潰《つぶ》されただけで、下肢のあたりがずくりずくりと疼《うず》いた。

「ふ……っ」

たまらず漏れる吐息。ぐりぐりと濡れた指先で乳首を嬲《なぶ》られるうちに、吐く息が次第に艶めいてくる。

頬や首筋が熱い。きっと上気した顔をしているのだろう。その姿を目の前に立ったイスハークが舐《な》めるように見つめ、ククと笑っている。

「サディク、この男、ずいぶん淫蕩《いんとう》な躰をもっているようだな。濡れた布に透けた乳首が桜桃の実のように膨らんできている。もっと指でこね回してみろ」

低い声から遅れてすぐに、サディクの指が両乳首を摘み、爪を立てながらこね回していく。乳首から下肢へと伝わる奇妙な疼き。

視線を落とすと、褐色の骨張った指先が、濡れた布ごと、ぷっつりと膨らんだ赤い乳首を揉み潰していた。

何ていやらしく、何て恥ずかしい光景なのか。

好きな男の手で恥ずかしく弄られ、いつしか色も形も淫らに変えた胸の粒。それをさらに煽《あお》られているさまを、別の男がじっとショーでも眺めるように見学している。

「ん……っ」

耐えがたい行為。それなのにサディクの指が乳首に刺激を与えるたび、下腹のあたりから足の先まで駆け抜けていく奇妙な快感。

声が迸《ほとばし》りそうになるのをこらえ、志弦は強く唇を嚙みしめた。

「……ここが感じやすいのか？」

さっと白い布をはだかれ、あらわになった胸をサディクの手がわし摑む。

「ん……そこは……っ」

誰が感じたりするものか。強い意志の力によって、志弦はサディクから与えられる快楽に必死に耐える。志弦の強情さにあきれ果てたように、サディクはなおもこちらの自尊心を傷つけるようなことを提案した。

「イスハーク、触れてみろ。めったにないなめらかな肌だ。東洋人のきめ細かさと、皮膚の張りは見事なものだ。それに引き締まったしなやかな筋肉。なにもかもすべてが美しく、官能的ではないか」

「確かに真珠のようだな」

イスハークは志弦の躰に指先を伸ばして、首筋、鎖骨……と感触を確かめていく。

「……っ」

ぴくり、と躰が震える。素肌に触れられているからではない。純粋なおぞましさと、それから得体のしれない恐怖。底なしの沼に引きずられるような恐怖を感じる。

このままサディクにはがいじめにされたまま、別の男に犯されるのか。躰は先ほどの秘薬で奇妙なほど熱く疼いている。もはや抵抗しきることはできないだろう。

「……待……こんな……っ……おやめ……く……ん……っ！」

両手を頭上につながれたまま、大きく身悶《みもだ》える。

「実に繊細だ。指の型がつきそうな皮膚だな」

ふいにイスハークの顔が胸に埋められる。乳暈《にゅううん》ごと舌先に舐めとられ、たまらず唇を噛みしめる。

「ん……っん……く……あぁ、もう」

湯のなかで志弦の膝や腿はふるふると痙攣《けいれん》していた。下肢のあたりが疼き、熱が溜まっていくのがわかる。

「く……っ」

涙があふれそうになっていた。悔しい。こんな男たちの行為に負けたくないのに、秘薬のせいなのかその唇や指に触れられた場所から躰が溶けだしそうになってしまっている。

「どうだ、ふたりの男に嬲られるのは……」

サディクの舌がのったりと耳殻を嬲り、躰がぴくりとこわばったかと思うと、右の乳首をイスハークの唇に食《は》まれる。

左の胸の前ではイスハークとサディクが絡みあい、どちらのものともわからない指先に執拗《しつよう》に嬲られていく。肌の奥のほうがジンと疼き、軽く弄られているだけなのに、そこが不思議なほど鋭敏になって鼓動が激しく脈打つ。

「確かに、皮膚に心地よい弾力があり、吸いついてくるようだ」

イスハークはぴちゃぴちゃと音を立てながら、志弦の乳首を舌先で舐めまわしていく。一方の乳首はふたりの指に抓《つね》られたかと思うと、ぎゅっと引っぱられ、じれったいほど甘い熱が皮膚の下に籠《こ》もっている。

「ん……っん……っ」

舌先でぐにゅりと乳首を潰されたかと思うと、歯の先で乳暈を甘咬《あまが》みされる。そのたび、じわじわとなやましい感覚が志弦の躰を襲う。

「あ……はあっ、あっ……熱……何で……いやだ……っ」

何ておぞましいことを。どうにかしてこの場から逃れたいのに、乳首を弄られれば弄られるほど、志弦の喉から漏れる声が甘さを含んでいく。

先ほどの秘薬の効果なのか。凄《すさ》まじい快感に脳がどうにかなってしまいそうだ。

「ん……っふ……どうしてそこが……そんな……変に……あっ……っ」

何度か躰を揺すって抗《あらが》うのだが、後ろからサディクにはがいじめにされたまま、身動きがとれない。それどころか湯の下では後ろからサディクの膝に足を割られ、その間にイスハークが入りこんできている。

「とろとろになっている。どうしようもない躰だな」

　後ろからサディクの手が志弦の性器をぎゅっと握りしめる。すでに形を変えていた肉茎の先端をぐっとサディクの指が押し潰す。

「ああっ！」

　志弦は腰をよじらせた。たちまち自分のそこから透明な雫《しずく》がどっとにじみ出るのがわかった。どうしよう、耐えられない。このまますぐに射精してしまいそうだ。

　ごくりと息を詰めたそのとき、イスハークの指が背中にまわり、尻を割って下肢の奥にある窄《すぼ》まりへと伸びてきた。

「……っ」

　秘薬が溶けているそこは、ふるふると収斂《しゅうれん》し、挿りこんできた指先を心地よさそうに銜《くわ》えこもうと蠢《うごめ》く。けれど他人をうけいれたことのない場所がいきなりゆるむことはない。

「きついな、これでは、サディクと俺とをここで結合させるのは無理だな」

「な……っ……いやだ……そんな」

　まさか、この男たちはふたりで自分を共有しようとしているのか。愕然《がくぜん》と目をみはった志弦に、サディクが耳元で囁く。

「イスハークは、私とつながりたいんだ。そなたのなかで、ふたりが溶けあうことで、私と彼の絆《きずな》が深まるとして……」

「誰が……そんなこと……いやです……っ！」

とっさに大きく抗い、志弦は膝に力を入れて目の前にいたイスハークの股間を蹴りあげた。

ガツンと勢いよく膝頭が男の下肢を突きあげる。

「うっ」

たまらなさそうに下肢を手で押さえたイスハークは、忌々しそうに顔を歪《ゆが》め、バンッと力強く志弦の頬を殴った。

「く……っ」

はじけるような音がハマームに反響し、脳がじんじんと痺れた。

「この国では、王族の躰を傷つけた者は死刑だ。サディク、その男を処刑しろ！　おまえがしないなら、俺がこの男を斬る」

イスハークがサディクの腰から半月刀を抜きとり、志弦のあごに切っ先を突きつけてくる。

ふっと志弦は口元に笑みを刻んだ。待っていた、そう言われるのを。

犯される前に殺されたほうがマシだと思っていた。殴られた頬が痛くて、思考力を失っていたせいもあるが、さっさと処刑して欲しかった。しかし。

「待て、イスハーク」

志弦から離れ、サディクはイスハークと自分との間に立ちはだかった。

「サディク、おまえは……この男がそれほど好きなのか。俺を傷つけるような男が」

「彼はあなたの役に立つ存在だ、殺すのは惜しい。この国が軍事国家ではなく、文化的な国家であることを示していく手始めに、彼の奏でる音楽をあなたの即位式で世界中に披露して……」

「だから処刑はするなと？　俺を拒否するような男を庇うのか」

「違う、この男は処女だ。性に無知ゆえ、驚いただけだろう」

「処女だと？　フランス人教師の愛人だったという話ではなかったのか。それに、そなたは手を出してなかったのか？」

「あなたに初物を捧げたかった。私の忠誠の証として」

サディクの言葉に、志弦は唇を嚙みしめた。

気づいていた……この男は自分が性的に無知だということに。師匠の愛人だったと連呼していたので、てっきり疑われていたと思っていたが。

「だが……この男……恐れていたとおりの反応を示してしまった。秘薬の力と私の手助けがあれば、処女でもあなたを楽しませることが可能かと思ったが……私の考えが甘かったようだ」

「恐れていたとは？」

「彼は……フランス人教師から強引に恋愛関係を強要され、他人との情交に恐怖を感じるようになっている。我々の秘薬ですら効果がないほどに」

「確かに……不感症のように見えなくもないな。ふつうなら、あの秘薬を味わったとたん、男

TOKUMA SHOTEN
COMIC & YOUNG BOOK
INFORMATION for GIRLS／2012.1:No.178
徳間書店 2012年1月刊行案内 〒105-8055 東京都港区芝大門2-2-1 ☎048(451)5960

［キャラセレクション］奇数月22日発売／特別定価630円（税込）

Chara Selection 3月号

好評発売中!!

POSTER Ciel
POSTCARD 新藤まゆり

表紙イラスト
日高ショーコ
［憂鬱な朝］
新しい環境と関係の中で、二人が再び出会うのはいつ…？

新連載&巻頭カラー
水名瀬雅良
［黄昏は彼らの時間］
人を魅了し支配する、淫魔の血族――力に目覚めた時、運命の男と巡り合う!?

表紙イラスト図書カード応募者全員サービス!!

新連載&カラー
ユキムラ
［留年くんとオレの1年］

シリーズ第2回
小嶋ララ子
［メランコリック・ボーイフレンド］

読みきり 一城れもん
大好評シリーズ 北沢きょう／不破慎理

豪華執筆陣 やまねあやの／高久尚子／楢崎壮太／果桃なばこ etc.

爆笑4コマ 西 炯子／山田まりお

Charaコミックス 1/25(水)発売!

●基本定価560円（税込）／B6判
●本屋さんで注文すると確実に手に入るよ。

あそう瑞穂

セレブな兄とやんちゃな弟
正反対な双子の兄弟愛♥

［双子のご子息様］

優秀な泰觚《やすかど》と落ちこぼれの泰候《やすとき》は双子の兄弟。けれど泰觚の渡米で離れ離れに。そんなある日、泰觚が突然の帰国！ 泰候はなぜか家を追い出されてしまい…!?

●好評既刊［気ままに探偵業］他

Charaコミックス 2/25(土)発売!

●基本定価560円（税込）／B6判

神奈木智&二宮悦巳

★このイラストはカバーと異な
運命の恋は命がけ!?
話題作の第二弾♥

［…は僕を…すぎる②］

…育実が撃たれた!?
…結末は…？

り
…が…れた!?
も!!］
…いや教諭
…園児の
…ての悩
…換日

Charaレーベルのドラマ CD

Chara CDコレクション

●発売元・販売元：株式会社ムービック／販売協力：ジェネオン・ユニバーサル・エンターテイメント㊟株式会社ムービック 03-3972-1992(月～金／10：00～18：00／祝祭日を除く)

キャラ文庫 [深想心理 二重螺旋5]

父が暴露本を出版!! 二人は醜聞に翻弄され!?

原作 吉原理恵子 イラスト◆円陣闇丸

CAST 篠宮尚人…緑川 光　篠宮雅紀…三木眞一郎　篠宮裕太…阪口大助　篠宮沙也加…柚木涼香 他

●価格：〈2枚組〉5,040円(税込)

キャラ文庫 [ダブル・バインド1]

16年ぶりに再会した二人――事件を機に運命が動き出す!!

原作 英田サキ イラスト◆葛西リカコ

CAST 上條嘉成…森川智之　真宮 祥 …阿部 敦　瀬名智秋…興津和幸　新藤隆征…大川 透　葉鳥 忍 …鈴木達央 他

●価格：〈2枚組〉5,040円(税込)

キャラ文庫 [ダブル・バインド2]

果たして真犯人の正体は!? 心理ミステリー完結!!

原作 英田サキ イラスト◆葛西リカコ

CAST 上條嘉成…森川智之　真宮 祥 …阿部 敦　瀬名智秋…興津和幸　新藤隆征…大川 透　葉鳥 忍 …鈴木達央 他

●価格：〈2枚組〉5,040円(税込)

ドラマCD

●発売元・販売元：株式会社マリン・エンタテインメント／販売協力：ジェネオン・ユニバーサル・エンターテイメント㊟株式会社マリン・エンタテインメント 03-3972-2271(月～金／10：00～17：00／祝祭日を除く)

Charaコミックス [憂鬱な朝2]

身分も家柄も関係ない――ただおまえの傍にいたい

原作 日高ショーコ

CAST 久世暁人…羽多野渉　桂木智之…平川大輔　石崎総一郎…前野智昭 他

●価格：〈2枚組〉5,040円(税込)

キャラ文庫 [FLESH《フレッシュ》&BLOOD《ブラッド》] 第⑬～⑮巻

3巻連続隔月リリース! 購入者特典あり♥

結核を抱えた海斗――プリマス帰還編!!

原作 松岡なつき イラスト◆彩

CAST 海斗…福山 潤　ジェフリー…諏訪部順一　ナイジェル…小西克幸　ビセンテ…大川 透 他

●価格：⑬～⑭〈2枚組〉¥5,040(税込)／⑮¥3,150(税込)

全員サービス実施中♥

[小説Chara vol.25]　[FLESH&BLOOD外伝 女王陛下の海賊たち]

番外編ドラマCD「グローリア号の兄弟たち」

★詳しくは発売中の「小説Chara vol.25」もしくは「FLESH&BLOOD外伝 女王陛下の海賊たち」を見てね。

キャラ文庫2/25(土)発売!

★イラストはカバーと異なります ●基本定価540円(税込)

楠田雅紀 [史上最悪な上司] イラスト◆山本小鉄子

過去に弄んで捨てた恋人…上司として目の前に現れて!?

秀 香穂里 [大人同士] イラスト◆新藤まゆり

営業VS編集!? 犬猿の仲の同期コンビのなれそめは!?

火崎 勇 [刑事と花束] イラスト

心優しい花屋の店主が捜査中の刑事に惚れた!?

高級理容室の会員が殺害! 若き店長が疑われて…?

Chara キャラ

[中華飯店に

下町の中
の青年・
住み込み
上げを日
●好評

日、子育 校
は、て…!?

黒沢 椿

ます。

は]

一条を庇っ
第2の災厄の

文庫 1/27(金)発売!

●本屋さんで注文すると
確実に手に入るよ。
●基本定価540円(税込)

いおかいつき
イラスト◆みずかねりょう

高校教師の一歩《かずほ》は、同じマンションに住む子持ちの美形ギタリスト・杉浦《すぎうら》と出会う。ところが杉浦は家事が壊滅的!! なりゆきで杉浦父子に食事を作ることになり!?

●好評既刊[好きなんて言えない!]他

中原一也
イラスト◆相葉キョウコ

飯店に行き倒れ青年!?　そ
は、店主の魚住《うおずみ》に介抱され、
働くことに。けれど実は、地
るヤクザのスパイで…!?
候には逆らえない]他

華藤えれな
イラスト◆Ciel

中東の小国で音楽講師を務める志弦《しずる》は、王子のサディクに惹かれている。やがて二人が想いを通じ合わせた夜、サディクの親友がクーデターを起こし!?

●好評既刊[フィルム・ノワールの恋に似て]

樋口美沙緒
イラスト◆高星麻子

雪山で遭難した比呂《ひろ》。山を
助けられるけれど、代わり
約束を結ばれてしまう。二
、狗神は再び現れて…!?
人じゃないけれど]他

ALL読み切り小説誌
小説
[キャラ]
Chara
vol.25
キャラ1月号増刊
5月&11月22日発売
特別価格820円(税込)
絶賛発売中!!
祝♥ 創刊12周年!!
POSTER
タクミユウ
POSTCARD
穂波ゆきね
ダブル応募者全員サービス!!
1 2誌合同図書カード
Chara Selection 1月号連動
全9種類
2 オリジナル・ドラマCD[FLESH&BLOOD]
(原作:松岡なつき)
豪華! ダブル付録♥
1 [FLESH&BLOOD]かけかえカバー
2 [間の楔]予告編DVD
表紙イラスト
夜光 花
CUT◆小山田あみ
[不浄の回廊]番外編[キミと見る永遠]
傍若無人な西条が歩に甘い愛の告白!?
小説初登場!!
巻頭カラー
砂原糖子
CUT◆水名瀬雅良
[シガレット×ハニー]
スペシャルショート2本立て!!
松岡なつき CUT◆彩 [FLESH《フレッシュ》&BLOOD《ブラッド》]番外編
吉原理恵子 CUT◆長門サイチ [間の楔]番外編
[公爵様の羊飼い]シリーズ
秋月こお CUT◆円屋榎英
いおかいつき/神奈木智/水原とほるetc.
ドラマCDアフレコレポート
吉原理恵子
[深想心理 二重螺旋5]

が欲しくてどうしようもなくなるのに、その男とくれば」

　イスハークは腕を組み、サディクの後ろにいる志弦を冷ややかに睥睨《へいげい》した。

「イスハーク、この男の躾《しつけ》を命じてくれ。責任もって調教する。あなたの即位式までに最高の愛妾に仕立ててあげてみせる。だからこの男の処刑はとりさげてくれ。私とあなたのふたりの絆のためにも、寛大な処置を」

　サディクの提案に、イスハークは心地よさげに笑った。

「確かに俺の即位式のときに、この男の演奏があるのとないのとでは違う。昨日の、子供への合唱指導も気に入った。この国の子供に、合唱の指導をさせ、即位式の日に国歌斉唱を行う。そしてこの男に、俺を賛美する演奏をさせ、この国がいかに文化的に高度な国なのか、欧米に示していこう」

「ああ。即位式で子供たちに平和と幸せの象徴の合唱をさせるためにも、この男は必要だ。今、この国に、彼のように西洋音楽に長《た》けた外国人はいない。勿論、国内の人間にも」

「よし。この生意気な、氷のような処女が、一カ月後に、俺を狂わせるほどの淫らな男娼になっていたときは、俺を傷つけた行為を許してやろう」

「待って、私は、わざとイスハーク将軍を傷つけたんです。どうか処刑してください」

「処刑されたいのか」

「はい。どうぞ、王族を傷つけた罪で罰してください。突き刺してくだされればいいんです。将軍のその半月刀をどうかこの胸に」

じっと見つめる志弦を舐めるように見たあと、イスハークはふっと嗤った。

「あいにく処刑されたがっている人間を処刑しても何の楽しみもない。処刑するのは一カ月後。俺の即位式の夜、この男が俺を満足させなかったときでいいだろう」

「それがいい」

サディクが背後で答える。

「では一カ月後に、この男が、私のための音楽を演奏し、その夜、私をハレムで喜ばせることができるよう、そなたに今後の調教を命じる。それから一個中隊をあずける。調教の合間に、山岳民族の制圧を。そのすべてを成功させたとき、私はそなたに政府の高官としての地位を与え、文化発展という仕事を与えよう」


イスハークが去ったあと、サディクは志弦の手首の拘束を解いた。

ほっとして脱力したように湯のなかに膝をついたとき、志弦はかっと下肢を駆け巡る奇妙な感覚にはっとした。

「な……この感覚は……っ」

さっきの秘薬が今頃になって効果を現してきたのか、唇がわななき、ふるふると怖ろしいほど内腿が痙攣し始める。

「ん……くっ」

自分の意思とは関係なく、湯のなかで、もどかしげに膝から腰のあたりがよじれてしまう。肌の下でじわじわと熱が籠もり、異様なほど皮膚が粟立《あわだ》ってきた。

「あぁ、あ、いやだ……どうして……こんなっ」

「今になって秘薬が効いてきたのか」

にやりと笑ってサディクは目の前に膝をつくと、湯のなかで小刻みに全身を震撼《しんかん》させている志弦の乳首をぐりっと指で爪弾《つまび》いた。

「ああ、あっ！」

唇から異様なほど甘い声が迸る。

淫らな、なにかをせがむような己の声に愕然としながらも、冷静にそれを羞《は》じらっている余裕はない。

おぞましいほど激しい快感。ずくずくと下肢から衝《つ》きあがってくるむず痒《がゆ》い快楽の波に背をくねらせ、膝をよじり、志弦は唇を噛みしめた。

「ん……ふ、ああっ……っ……んっ」

皮膚が痛くなるほどの強さでサディクの黒衣を握りしめ、呼吸の乱れを必死にこらえている志弦を、彼は観察するように冷ややかに見下ろしていた。

「初めての人間に秘薬を施すのは、さすがに勇気がいったが、悪くない反応だな。もうとろとろになっているんじゃないか」

冷然とした無表情。やはりこれが本物のサディクらしい。

「私が……初めてだと……どうして気づいて……」

「そなたの、その恋愛に対する臆病さ、私への純粋な態度、潔癖な考え方、そしてキスをしたときの躰の強ばり……気づかないほうがおかしい」

「それなのに……私を穢《けが》らわしいもののように……罵倒《ばとう》して……」

「誤解した振りをして、そなたの初々《ういうい》しい反応を楽しんでいただけだ」

「そんな……っ」

「これから一カ月の間に、そなたがどこまで変化していくか楽しみだな。狂ったように男と媾《まぐわ》うだけの獣にしてやる」

サディクは湯のなかに腰を下ろし、膝の上に志弦をまたがらせた。後ろにまわされた手が薄い臀部《でんぶ》の肉をわし摑む。

「……っ……く」

無造作に志弦の双丘を開かれ、はっと息を呑んだ次の瞬間、サディクの指に薄い肉の環を歪《いびつ》に広げられる。

どっと湯が侵入してきたかと思うと、硬い指が関節まで挿りこんできた。その突然の刺激に、志弦の背は大きくのけぞった。

「あ……っあ……あっ……っ……」

さっきイスハークの指が挿ったときは、まだ窄まっていた粘膜。それなのに今では物欲しげに彼の指に絡みつき、躰の奥深いところがどくどくと脈打っているのがわかる。

「凄まじい秘薬だな。そなたの乳首はいやらしく尖ったままだし、ペニスもさっきから濡れっぱなしだ。その上、ここもこんなに淫らにひくつかせて」

ぐいっと体内で指を広げられる。骨張った関節で感じやすい襞《ひだ》をこすられ、その摩擦に甘い声が出てしまう。

「ああっ、あっ」

恥ずかしい。何て声を……。

そう思うのに、志弦の体内は思ってもいない反応を示してしまう。秘薬を浸透させた粘膜が、なにか大切なものを待ち構えていたかのように一斉に彼の指に吸着していく。

「……秘薬の効果は絶大のようだな。処女とは思えない反応だ」

言いながらサディクは濡れた指先を志弦の胸元に滑らせてくる。骨張った指先が乳首をつまみ、ぐるりと回転するように乳暈をなぞった。

「……っ」

肉の快感を知らない躰は、秘薬にすぐに反応してしまう。小さな乳首が皮膚のなかから浮きでたようにぷっくりと形を変えたのがわかり、志弦はごくりと息を呑んだ。

サディクのもう一方の手は、指を二本に増やし、ゆるゆると肉の環をまくりあげながら出し入れしていく。

反射的に腰をよじらせ、志弦はサディクから与えられる快感から逃れようとした。

「やめ……っ」

懸命にもがいたそのとき、ふいに唇をふさがれた。そのまま入りこんできた舌に舌を絡められ、志弦は身を震わせた。二度目のくちづけ。ローズの香り。

「……ん……っ」

一瞬、切なさが胸に湧いた。愛しさを感じながら、互いの唇を重ねた時間。そのときのことをふいに思いだしたからだ。と同時に『すまなかった』と呟《つぶや》かれたときの胸の痛みが甦《よみがえ》り、絶対に屈するものかという強い怒りも湧いてくる。

「ん……っん……」

いやだ、この男からキスされたくない。

そんな思いから、抵抗しようと躰をよじるのだが、少しでも動くと、下肢の疼きが激しくなるので、躰をこわばらせることしかできない。

そんな様子に気づくことなく、サディクはきつく志弦の舌を吸いながら、乳首とそのまわりの皮膚を大きな手で揉みしだいていく。

指の腹でぐりぐりと圧し潰されると、反射的にずくんと躰の奥が痺れる。

さっき、さんざんイスハークとふたりに嬲られたそこは、腫《は》れあがったように膨らんだまま。嬲られるたびにひりつくような痛みと、その奥から芽生える快楽とが入り交じり、浅ましく腰が悶えてしまっている。

「ん……くふ……あっ」

腰を悶えさせるたび、志弦の内部は挿りこんでいる指を締めつけてしまう。たまらなくなって声を出したくても、サディクに荒々しく口内を貪《むさぼ》られているので吐息をつくことすらできない。そのせいか、快感がじかに躰を襲い、甘美な悦楽だけが全身に広がっていく。

「ん……ふ……っ……っ」

咬みつくことさえ思いつかない。意識が眩《くら》み、少しずつ陶然となっていく。

「く……っ」

目を固く瞑り、息を殺し、できるだけ快感を覚えないように努力した。しかしサディクが与える巧みな刺激に秘薬を染みこませた躰はもろくも崩れそうになっている。

つい昨夜《ゆうべ》までは愛しいと感じていた男——今では憎しみしかない男に翻弄《ほんろう》されていく悔しさ。他人に捧げるために、貶《おとし》められていく恥辱。

「ふ……っ」

それなのに全身に広がっていく甘い痺れが腹立たしい。舌を奪われたまま、呼吸をさえぎるような長いくちづけに志弦の意識は眩んでいた。

「く……ん…っ」

息を詰まらせ、志弦は腿を震わせた。内腿が痙攣し、意思とは関係なくもどかしげに腰が揺れているのが恥ずかしい。

「いや……あ……ああっ」

身じろぐたび、秘薬が染みこんだ粘膜に振動が響き、志弦の中心からどくどくと蕩《とろ》けた蜜があふれでていく。

「皇子……たのみます……どうか……やめ……変になって……あ……だからやめて」

「途中でやめたら死ぬぞ」

「死ぬ？」

志弦は眉根を寄せてサディクを見あげた。

「達《い》かないかぎり、間断なく快感に襲われるぞ」

「射精なら……自分でします」

「射精ではない、後ろで達くまでだ」

「な……っ」

「こんなになって、もうどうしようもないぞ」

秘薬に蕩けきり、彼の指を銜《くわ》えこんだ内壁は歓喜に震えたように激しく痙攣している。

「あ……あっ」

どうしよう、後ろで達するまで解放されないなんて。

——でも……それでも……この男のものにされたくない。他人に差しだすための道具にされたくない。

だから最後まで屈服したくないのに、サディクの指が体内で蠢くたび、妖しい疼きを覚えて浅ましいほど腰を揺らしてしまう。もっと奥に熱いものが欲しい。もっと激しくこすられ、内臓が圧し潰されるほどの勢いでなにかを埋めこまれたい。

そんなわけのわからない衝動に襲われ、気がどうにかなってしまいそうだ。

「ああっ、もうっ、やだ……どうして……ああっ」

自分ではどうにも止めることができない。とろとろと性器からは蜜があふれ、湯の表面に浮きあがってきては志弦の羞恥《しゅうち》を煽る。

屈辱と怒り。それなのに躰が疾走《しっそう》していくのを止められない。理性と快楽との間で心と躰が分離していくような歪な苦悶。嬲られれば嬲られるほど全身に熱が広がっていく。

「あ……あぁ」

「どうした、先に指だけで達くか？」

「いやだ……っ……そんな」

志弦はぎゅっと固く目を瞑った。

それでも鼻腔をつく馥郁《ふくいく》としたダマスクローズの香りと湯気。そして目で犯すように自分の顔を眺めている男の視線が肌に突き刺さるような気がして、躰の芯がどうしようもないほど熱くなってくる。

火のような熱に体内が灼けそうだった。

迫《せ》りあがってくる快感に皮膚がわななないてどうしようもない。秘薬のせいにしても……あまりにも残酷な快感だった。

「あ……ああ……あっ、いやだ……どうにかなりそ……っ……」

「初めての行為でこれだけ感じるとは、娼婦のような躰をしているな。イスハークのハレムでも存分にかわいがってもらえるだろう」

その言葉を頭で日本語にしたとたん、死にたくなるほどの怒りを感じた。

そうだった、これはイスハークに捧げるための調教。

愛もなく、ただ淫らな男娼にするためだけの行為。それなのに、躰は異様なほどこの男から与えられる快楽に溺《おぼ》れてしまいそうになっている。

「許さな……っ……あなたを……絶対に……」

本性を知らなかったとはいえ、こんな男を愛してしまった自分がどうしようもなく腹立たしい。

「憎みたければ憎めばいい。だが、一カ月後には、理性が切れ、どうしようもないほどの獣になって、私とイスハークをここに同時に銜えこみ、ふたりの絆を深めるんだ。いいな？」

「いやだ……ふたりもなんて……無理に……っ」

無理に決まっていると反論しかけたそのとき、硬い切っ先が後ろの入口から押し入ろうとしているのがわかった。サディクの指が薄い皮膚を押し広げ、その隙間に熱い湯とともに鋭い凶器が分け入ってくる。

「……っ！」

ぐうっと体内に埋めこまれていく肉塊。志弦の勃ちあがった性器は後孔から粘膜ごしに伝わる刺激に、どくどくと信じられないほどの蜜を迸らせている。

「あ……うっ……ん……っ」

サディクに腰を抱きこまれ、ゆっくりと串刺《くしざ》しにされていく。志弦は耐えきれず、その肩に爪を喰いこませた。

「う……っ」

自分の体重をうけたまま、下から内臓を突きあげられていく。その圧迫感がたまらなく苦しい。肌が汗ばみ、息が震える。

「ああ……く……や……あ……っ」

喉から引きつった声。痛くも苦しくもあるのに、なぜか彼を銜えこんだ粘膜は満たされたような心地よさを覚えて痙攣している。

これが秘薬による快感なのか？

初めての行為による灼けつくような痛みを感じているのに、それとは別の、むず痒いような疼きを感じて、腰が淫らに揺れてしまう。

湯のなかで、つながった部分がこすれあい、火傷《やけど》したように熱く痺れて苦しい。

志弦の腰を浮かせ、浅い部分をこするように突きあげてくるサディク。たくましく熱い昂《たかぶ》りに内臓が迫りあがり、そこから躰が壊れてしまいそうなほどの圧力に襲われる。

「あ……くっ……やめ……っそれ以上は……っ……」

抱きかかえられたまま、首筋にくちづけされ、胸をまさぐられていく。

乳首をぐりぐりと押し潰されながら後ろを貫かれ、苦痛と快楽とに脳がぐしゃぐしゃになってしまいそうだった。

「苦し……っ」

深い部分を下から貫かれ、入口を熱くこすられながら上体を揺さぶられていく。緩急をつけた突きあげ。こすりあげられるときの摩擦熱がたまらなく心地いい。

この男を愛していた。裏切りさえ知らなければ。なにも知らなければ。

きっと秘薬などなくても、もっとこの行為に快感を覚えただろう。幸福というスパイスによって。苦痛も羞恥も超えて。

――だけど……この男は私を裏切った。絶対に思いどおりにさせない。絶対に……このままでは終わらない。

肉体は貶められたかもしれないが、必ずここから逃げだしてやる。そして、この男のことなど忘れて幸せになってやる。

胸のなかで決意しながら、志弦は、それでも自分を荒々しく揺さぶる男の腕のなかで、理性を忘れたかのように悶え続けた。

5　愛と憎しみと

「……ん……っ」

植物が妖《あや》しく絡みあう噎《む》せるような大気。

息が苦しい。あたりは湿度に充ち満ちているのに、喉がひどく渇いて死にそうな気がしていた。

——ここは一体どこなんだろう。

寝苦しさの奥から意識が戻ったとき、志弦《しずる》は自分が自宅ではなく、見知らぬ空間のなかの、イスラム風の寝台で眠っていることを自覚した。

——そうか……ここは……サディク皇子の。

あれからどのくらいが過ぎたのか。クーデターの日に、ここに連れてこられてから。

おそらく半月は過ぎただろう。

もう何日も前のことなのに、まだ少ししか経過していないような、或いは十年ほどここにいるような、よくわからない感覚に囚われている。

けれど多分、イスハークの即位式まで、半月を切ったはずだ。

ここで初めてサディクに躰を拓かれてから、夜ごと、激しい情交をくり返している。志弦の肉体は、すっかり性交に馴染《なじ》み、こうしていても、サディクのことを考えているだけで、躰の奥のほうが甘く疼《うず》いてきて困ってしまう。

彼の荒々しいくちづけ。なめし革のようなしなやかな肉体。それから媾《まぐわ》うたびに感じる、脳が痺《しび》れるほどの快楽。

『すっかり私との性交には慣れたようだな。あとは、どうやってイスハークを喜ばせられるようになるか、それが課題だな』

今朝方、志弦の体内に容赦なく吐精したあと、サディクは耳元でそんなことを囁《ささや》いていた。

――イスハークを喜ばせられるように？

そうだ、この身はサディクのものではなく、いずれイスハークのものになるために、日々、同性同士の情交を教えこまれている。

ただここで男の相手をする性奴隷とされているだけの日々。こんなことになるとは。

昼間は、銃を携えた兵士たちの監視の目があり、夜はサディクの腕に組み敷かれ、逃げだすこともできない。

志弦は深々とため息をつき、寝室に面した中庭へと進んだ。

中庭……といっても、ガラス張りの天井があるので、そこは温室のような空間になっている。

亜熱帯の植物がうっそうと生え、噎せるような花と緑の匂《にお》いが充満し、ここが砂漠の国であることを忘れてしまいそうになる。

温室の中央には白いグランドピアノ。

弦に湿気が含まれないよう、その部分だけガラスの衝立《ついたて》で囲まれ、温度調節されている。

あのクーデターのときにヴァイオリンが行方不明になったため、今、イスハークは新たなものをウィーンに注文しているという。

その代わり、これで音楽に触れていろというつもりなのだろう、フランスから空輸で運ばれてきたピアノだった。

調教とピアノに触れるだけの日々。

パームツリーの葉の間からの木漏れ日が目映《まばゆ》くあたりを照らしだし、光の洪水《こうずい》のような空間となっている。そんななか、ハマームの傍らに置かれた広々としたアラブ風のカウチに横たわり、志弦はしどけない格好で天井を見ていた。

すると、視界の端にサディクの姿があった。植物のむこうに彼が佇《たたず》んでいた。黒いクフィーヤ、腰に半月刀、肩からライフルを提げて。

「めずらしいですね、昼間なのに」

半身を起こし、志弦は気怠《けだる》げに背もたれに肘《ひじ》をついた。

「仕事が早く終わったからな」

サディクが近づいてくる。そのとき、うっすらと血の匂いが漂ってきた。また戦闘に行っていたようだ。サディクは、志弦の調教以外に、一個中隊をあずけられ、山岳地帯の叛乱《はんらん》分子の制圧を任せられている。

『絶対に和平を結ぶな』と命じられて。

国境の近くの山岳地帯にいる部族は、同じムスリムでも宗派の違う集団に属している誇り高い部族という。

独自の文化をもつ、神出鬼没の集団。旧王制に馴染むことができず、かといって新しい軍事政権に協力することもなく、自治を求めているらしい。

サディクは、彼らの集落に行き、抵抗分子を制圧し、降伏させるようにとイスハークに命じられている。

全滅させるのではなく、降伏が絶対命令らしい。それは、彼らがイスハークに堕ちたという証明になるからだろうか。

「調教はうまくいっているのか」

時折、イスハークは志弦の部屋に現れ、サディクにその後の経過を確かめていく。

そのとき、志弦があまりアラビア語を理解できないと思って安心しているのだろう、ふたりは政治の話をすることが多い。だが単語と単語を拾ってつなげれば何となく意味は理解できる。もともと耳がいいので一度耳にした単語はすぐに覚えてしまうのだ。

そして彼らの会話を聞いているうちに再認識した。ふたりはただの王族同士という関係ではなく、固い友情で結ばれているのだということを。

士官学校時代から、ふたりは理想の国家像というものをもっていて、クーデターはその延長線上にあったものらしい。

税金のことから、雇用の問題、そしてエネルギー開発やODAの協力を得るためにどうすればいいのか、ふたりは楽しそうに話を進めていく。

「次に、これ以上の砂漠化の阻止と緑地造り、それから国の北部に流れている河にダムを造り、国内全体の治水灌漑《かんがい》をどうしていくか、それから南北横断道路の開発事業のために、今、名乗りをあげている欧州か日本か中国の商社と話を進めたい」

イスハークが大きな地図をテーブルに広げてサディクに相談すると、彼はパソコンを開き、あらかじめ割り出していたデータを説明する。

「日本の商社が政治的に何の問題もなくていいでしょう。欧州は未だ植民地時代の感覚が抜けず、支配者的だ。中国は、安い金額で受注してくれるが、我が国の国民を雇用せず、自国の労働者を働かせてしまう」

「その点、日本企業なら雇用の問題はクリアということか。……さすがだな、俺は軍事には長《た》けているが、経済や文化に関しては素人に近い。おまえがそばにいてくれて助かる」

ハード面とソフト面で、それぞれ足りないところを補いあっている。そんな感じの関係に見えた。

「だが、サディク、この国の民衆は、俺たちについてきてくれるだろうか」

「この国の強さを信じるしかない。かつてはオスマン・トルコ、植民地時代はフランス、そして大戦後はアメリカに国土を蹂躪《じゅうりん》されてきた。だが一度も屈せず、独立した精神を守ってきたこの国の強さ、それを誇りに思って」

蹂躪されても屈しない、独立した精神を保っている強さ——。

それならば私だってそうだ、さんざんこの身と心を蹂躪されているが、屈していないし、負ける気はない……と言ってやりたかったが、短期のうちにそうした内容のアラビア語を理解できるようになったとわかれば、彼らは警戒して志弦の前で政治の話をしなくなる。

それはいやだった。

ふたりがどんな目的で、なにを思い、そして自分をどう扱おうとしているのか、それを知りたかった。

最初のうち、ふたりはそんなふうに昔から理想としていた国造りを目指して動いているように感じられた。

そして見ていると、ふたりはかつて恋人同士だったのではないかというほどだった。思わずイスハークが帰ったあとにサディクに尋ねると、彼はさらりとした表情でそれを否定した。

「彼がつきあっていたのは別の同級生だ。私たちは、恋愛関係になかったから、生涯つきあっていくことができるんだよ」

永遠の友情。同じ目的のために生きていく。

──クーデターが起きるまでは、私にもそんな話をしていたのに。こんな関係になるまでは、私にこそ、理想の国家の話をしていたのに。

そんなふうに思うようになった夜、サディクにいつものように調教されながらも、志弦は少し心に歪《ゆが》んだ想いが揺れることに気づいた。

サディクとイスハークとの関係を快く思っていない歪《いびつ》な感情。志弦を通し、溶けあう誓いをしているふたりへの、むしゃくしゃとしたやりきれなさ。

そのせいか、そんな想いに囚われる日は、どういうわけか自分でも思ってみなかったほど激しくサディクをうけいれ、快楽に溺《おぼ》れてしまう。

ちくちくと胸の奥が小さな針で刺されたように疼き、サディクからされていることを拒みたいのに、秘薬がなくても躰《からだ》が熱くなるのだ。

そんな翌朝はいつもむなしいのに。

しかしそれも束の間……理想と現実のギャップがふたりの友情に少しずつ亀裂を走らせているのがすぐに見てとれるようになった。

「どうして、こう国民は反発ばかりするんだ」

あるとき、サディクのもとを訪れ、イスハークは声を荒立てて言った。

「それは仕方ない。すぐに理解してもらうのは無理だ。国民は、前の国王のときの悪政に辟易《へきえき》し、王族を信頼していない。国の治水事業も政府が日本企業と手を結び、環境を破壊しているのではないか、砂漠の民の生活を脅かさないか疑心暗鬼になっている」

政府への不信。それはこの国だけでなく、アラブ全体で言えることだ。

第一次世界大戦後、石油によって繁栄した国々とそうではない貧しい国々にアラブ諸国は分かれている。

その上、四回に亘る中東戦争。イスラエル対アラブの戦争だ。しかし戦争に一回負けるたびに、アラブ諸国が脱落していった。

そんな不安定な政情のなか、アラブには、国王や軍部による独裁政権が増え、市民と政府の間の精神の乖離《かいり》状態が続いていた。

「サディク、おまえもそうなのか？　俺が前国王や他のアラブ諸国のような真似《まね》をしないか心配しているんじゃないか」

「ここにきて、あなたは少し焦っている。このままだと社会的に信頼を失うのではないかと心配しているんだ」

「つまり、俺がこれまでの国王と同じようになるとでも言いたいのか」

サディクの眸を覗《のぞ》きこみ、イスハークは薄く笑った。

「あなたのことは信じている。だが……」

視線をずらし、サディクが口ごもる。

「自分が国王になったほうがいいと言いたいのか」

突然のイスハークの言葉に、サディクは瞠目《どうもく》する。信じられないものでも見るような眼差《まなざ》しに、イスハークは、彼にそんな気がないのがすぐにわかったのか、言葉を訂正した。

「いや、今のは忘れてくれ」

そのとき、ふたりの友情はそう長く続かないのではないか、現実の国家運営の厳しさがふたりの絆《きずな》を壊すのではないか、そんな予感を抱いた。

しかしそれとは関係なく、サディクから志弦への調教の日々は続いた。

毎日のように躰に刻まれる快楽。そして倦怠感《けんたいかん》。

その日は、彼の性器に奉仕する方法を教えこまれた。ベッドに座ったサディクの前に跪《ひざまず》き、彼の下肢に顔を埋める。

「ん……ぐふ……っ」

舌先で裏筋を舐《な》め、どくどくと脈動している棹《さお》の先端をそっと舌でつついてみる。

ちゅぷ……という濡《ぬ》れた音。亀頭の先からにじんだ蜜《みつ》を舌先に絡めるうちに、それが信じられないほど大きく形を変えていく。

「そう、そうだ、もっと舌先を使って。いい眺めだな、上から見ると、そなたの顔はひどく淫《いん》靡《び》だ。おねだりしているような口元がいやらしい」

誰がねだったりするものか。絶対に溺れまい、心だけは屈しない。と、己を律しようとする意思とはうらはらに、日常的にくり返される性交の快楽を覚えこんでしまった志弦の肉体は、彼の性器に奉仕しているだけで、いつもの淫事を思い出し、なぜか下肢のあたりがきゅんと疼いてくる。

ふだん自分を穿《うが》っている凶器。こんなにも大きくて、硬いものが己の体内に挿りこみ、異様なほどの快楽を感じさせているのだと思うと、口で奉仕しているだけでは、志弦の躰は物足りないようなもどかしさを覚え始めてしまう。

この脈動を体内で感じたい。

そんな浅ましい衝動が体内の奥から湧いてくる。こんな気持ちになりたくないのに。快楽になど流されたくないのに。

「ああ、それでいい、ずいぶんいやらしい舐め方ができるじゃないか。次は、そのましゃぶってみろ」

髪の毛をわし掴《づか》まれ、命じられるままサディクを頬《ほお》張《ば》る。少しずつ口内で硬くなっていくそれを喉の奥に迎え入れていく。

「ん……っ……ぐ……っ」

口内への圧迫感。無性にそれが欲しくて、膝《ひざ》のあたりがもぞもぞとしてくる。秘薬に浸されているわけでもないのに、自分の躰はどうなってしまったのだろう。

そう思った次の瞬間、すうっと下肢に伸びてきた彼のつま先がピアノのペダルを踏むように志弦の中心を踏みしめた。ぎゅっと押し潰すようにそこを根元から踏みこまれ、妖しい快楽に全身が激しく痙攣《けいれん》した。肌は汗ばみ、生理的な涙がしとどに頬を濡らしていく。

「……っ！　……んっん……っ」

「何だ、はしたなく濡らして。すっかり淫乱な躰になったな、私をしゃぶっているだけでは物足りないのか」

「違……っ」

否定しようとしたが、髪を強くひき摑まれ、口内のそれが喉の奥を圧迫する。

「ぐふっ」

息詰まる苦しさ。それなのに、彼の足の指先に、すでに蜜に塗《まみ》れた性器の先端や陰嚢《いんのう》を揉《も》みくちゃに踏み潰されるうちに、気がどうにかなりそうな異様な快感に頭のなかが真っ白になっていく。

「あ……んんっ、ん……ん……っふ……っ」

もはや自分がなにをしているのか、羞恥《しゅうち》もなげすてて、彼のものをしゃぶり、そこをぐちゃぐちゃと足先で弄られるたびに、さらなる快楽を得ようと腰を揺らしてしまう。

「いい反応だ。これなら、どんな男も満足させることができるだろう。さあ、もっと悶《もだ》えろ。本能のままに」

いやだ、怖い。本能のままだなんて耐えられない。そう思うのに、躰はサディクから与えられる悦楽に酔い痴《し》れてしまっている。

夜ごとに肉体が改造されていく。官能に溺れるだけの奴隷になっていく。

そうはなりたくないという激しい抵抗感。心に湧く反発心とはうらはらに、自分の躰がどんどん変化していく歪で淫靡な時間。その日もサディクの調教は、志弦が悦楽に悶絶《もんぜつ》し、彼とつながりながら自分から激しく腰を揺らし、我を忘れるまで続けられた。

「――志弦さま、起きる時間ですが」

使用人の言葉を無視し、志弦はシーツにくるまったまま眠った振りをする。

もう秘薬を注がれてもいないのに、体内にいつも快楽の種が残っているような淫靡な感覚がとどこおっている。

今朝方までの激しい情交の余韻が躰から消えようとしない。四六時中、性行為をしていたくなるような、浅ましいほどの躰の餓え。

心が満たされていないせいか、それともそれ以外になにもしない生活が続いているせいか。

今朝また、少し身じろいだだけで粘膜がふるふると蠕動《ぜんどう》するような気がしてくる。

そのたび、欲しい……と思ってしまう。

体内に熱くて太いものを打ちこまれたい。荒々しく容赦なく抉《えぐ》って欲しい、という純粋な肉の要求。

けれどそれに支配されたくない、そんなことに負けたくない、人間としての誇りだけは自分の最後の砦《とりで》として保たなければ……という己の意志の力によって、志弦は、秘薬を注がれたときでさえ、未だ、自分の口から求めたことも、快楽に負けたこともない。

ただ恥辱に身が震え、どうにかしてここから逃げだすことはできないか、そればかり思案している日々だった。

激しい性交に慣れきった内壁にはいつもむず痒《がゆ》さが残り、じっとしていないと熱が籠もってきそうな痛痒《つうよう》感が激しく広がっている。

けれど、サディクへの失望、怒り、哀しみがどうしても心に残り、皮肉にもどんな秘薬を使っても、自分から求めることはしない。

たとえ死んでもしたくないと、結局、意識を失うまで耐え続けるという日々が続いている。

絶対に自分から屈服するような真似だけはするものか。それが自分のプライドだった。

だまされているとも気づかず、いつしか本気で彼を愛してしまった自分への戒めだと思うゆえに。

それと同時に、イスハークには理想の未来の話をするのに、自分にはしなくなったサディクへの仄《ほの》かな苛立《いらだ》ち。

もう以前のように友情すら感じてもらえていないのかということに。

そんな淋《さび》しさを感じているせいか、このところ、少しずつ生きる気力のようなものが志弦のなかから消えていた。

ぼんやりとした眼差しでベッドから降り、志弦は続き間になった中庭にむかった。

「おはようございます。志弦さま、これから湯浴みですか？　それとも先に食事をおとりになりますか？」

ベッドから降りるや否や、アリーというサディクの側近のひとりが問いかけてくる。一挙手一投足を監視されているらしい。

「いい、食事は。食欲がない」

「それはいけません。サディクさまから、あなたの健康管理を厳しく申しつけられておりますので。志弦さまは、このところ、殆《ほとん》ど食事に手をつけていらっしゃらない。今からもってきますので」

「もってきても食べられない。あとで空腹になったらちゃんと食べるから」

本当に食欲がない。最初は反発から食事をとらないようにしていたが、今では食欲自体がなくなってしまった。

栄養が足りていないせいか、立っているだけで目眩《めまい》がしてくる。

志弦は目が眩《くら》むのを感じ、大理石の柱に手をついて躰を支えた。そんな志弦の様子に気づくことなく、アリーが背後から執拗《しつよう》に尋ねてくる。

「あとというのは、いつですか？　時刻をおっしゃって頂かないと」

「そんなことは私にもわからない」

「それでは困ります。きちんと栄養をとって頂かないと。それでなくとも、ここにいらしてから、ずいぶんお痩《や》せになったように思います。あなたが健康を害してしまうと、サディクさまの不手際として、イスハーク将軍の不興を買います」

アリーの口癖だ。この褐色の肌をした若い青年は、サディクの乳母の子供らしいが、志弦が反発するたび、それではサディクがイスハークの不興を買う可能性があるので、自分たちの言うとおりにしろ……と文句を口にする。

「イスハーク将軍とサディク皇子は、親友ではなかったのか。ずいぶん信頼しあった絆の深い関係に見えた。私のちょっとした不始末くらいで、彼らの友情にヒビが入ることはないだろう」

柱にもたれながらふりむき、志弦はわざと嘲笑《ちょうしょう》するように言った。

「確かに……ふたりがただの軍人同士であったり、ただの貴族同士ならばそれですむでしょう。でもそうはいきません」

「そうはいかないというのは？」

「サディクさまは……先々代の国王の息子であり、前国王の甥にあたられます。王家の遠縁にあたるイスハーク将軍とはもともとは身分が違う……といえば、私の言いたいことを理解して頂けますか？」

そういうことか。放棄したとはいえ、サディクは元々は第一王位継承者。

イスハークが王位につくためには、彼のバックアップほどたのもしいことはない。

しかしそれとはうらはらに、イスハークにとって、最大の敵になりうるのがサディク。彼の即位を反対する者が、最も利用したくなる存在がサディクということになる。

――だからこそ……イスハーク将軍は、執拗にサディク皇子の忠誠を試そうとしているのか？

そんなことを考えていると、ふいに視界が大きく揺れた。

激しい目眩。ひどく躰が重い。志弦は柱によりかかるようにしながら、その場にがくんと膝をついていた。

「志弦さま！」

アリーが躰を支えようと腕を伸ばしたのはわかったが、そのまま志弦は床に倒れこみ、意識を手放していた。

「――栄養不足とストレス……といったところでしょうか。点滴をうっておきます。少しでもいいので、なにか食べないと弱っていくだけですよ」

いさめるように言ったあと、医師は志弦の腕に点滴をつないだ。とくとくと流れ落ちてくる栄養剤。ベッドのなかで、志弦は大きくため息をついた。

食事をせず、そのまま弱って、イスハークの即位式の前にいっそ死んでしまえたら……。

そんな思いがなかったわけではないが、こんなふうに四六時中監視され、少しでも弱ると、医師を連れてこられるような生活では、衰弱死を望むのは無理らしい。

「……どうだ、気分は。倒れたと聞いて」

寝台のまわりを覆っていたベールのようなカーテンを開け、サディクが入ってくる。

志弦は目を細めた。

天井から射しこんでくる陽の光が肌に痛い。首筋や腿《もも》、肩や腕……と白いシーツからはみ出した皮膚に突き刺さってくるようだ。

「ずいぶん痩せたな」

すっと髪を撫《な》でられ、半身を起こされる。申しわけ程度に躰にかかっていたシーツが音もなく床へとずり落ちていく。

「食事をもってこさせた。反発ばかりして、ハンストを起こしていては死んでしまう。しっかり食べろ」

志弦の世話係を務めているアリーが、料理の入ったトレーをベッドサイドのテーブルに置く。

見れば、アラブ系の料理ではなく、フランス系の軽食——ガレットだった。溶かしバターが塗られ、キャベツとハムと目玉焼きがのっている。

それからあとはイタリア系のジャガイモのニョッキ、トマトとモッツァレラチーズ、バジルを載せたサラダにバルサミコ酢。それからコンソメスープ。

「そなたはここにきてから殆ど食事をしていない。ふだんから胃もたれしやすいそなたには、アラブ料理よりこうした料理のほうがいいだろう」

ふと口元についたサルサを拭《ぬぐ》われたり、サンドイッチを口のなかに放りこまれたり……一緒に過ごしていた楽しい音楽室での時間が甦《よみがえ》ってくる。

「さあ、食え」

「いやです」

「どうしてそんなに頑ななんだ」

「ここにきてから、息が詰まりそうです。監視の目、あなたからの夜ごとの責め苦……何の自由もない。生きている意味がありません」

「それでも食うんだ」

スープをスプーンにすくい、口元に突き出される。志弦は視線を落とした。

「あなたの手から、絶対にものを食べたりはしません」

「無理やり口にねじこむぞ」

「それなら吐きだします」

「死ぬぞ」

「性奴隷となり、肉体と心を腐らせるよりは潔く死んだほうがマシです」

そう、これ以上、浅ましい肉の奴隷になるよりは。

「……頑固な男だ。勝手にしろ」

サディクがあきれたようにため息をついて立ちあがる。

「そうだ、今夜、この離宮で食事会がある。そなたも出席しろ」

「即位式には時間がまだ……」

「大々的なパーティではない。内輪のものだ。残念ながらイスハークは隣国に行っていて留守だが、今夜、大事な客人がアメリカからきて、政府要人と秘密裏に商談をする予定だ。その晩《ばん》餐《さん》の席で余興としてそなたにヴァイオリンを演奏して欲しいそうだ」

アメリカから客人。秘密裏の商談……。何だろう。クーデターが起きたばかりで、世界的に渡航の制限がされているこの国にわざわざくるとは。

いぶかしく思って考えこんだ志弦を誤解したのか、サディクはさぐるように尋ねてきた。

「余興の場に借り出されるのは……不満か？」

「勿論です。それに楽器もありませんので」

「その点なら心配ない。そなたの使用していたものや同等の高価なものはないが、子供たちが練習していた楽器が日本人学校に残っていた。それを用意したので使用しろ。弦の調節や楽器の状態など、保管がしっかりとなされたものだ。すぐに演奏できる」

「食事会には、あなたも出席するのですか?」

「いや、私は今夜は山岳地帯の小競り合いの平定にむかう。そなたのことはアリーに任せている。食事会での演奏は『ロンド・カプリチオーソ』がいいだろう。有名でドラマチックな曲はうけがいい。弾けるな?」

「弾けなくはありませんが……半月以上も、ヴァイオリンに触っていないので、うまく演奏する自信がありません」

「夜まで時間がある。練習をするというなら、午後からは人払いして、自由に過ごせるようにするが」

午後から自由に。それに今夜……サディクはここにいない。そんなときに、アメリカから客がやってくる。これは千載一遇のチャンスではないのか? どうにかして彼らに助けを求めることはできないだろうか。彼らに保護を求めることはできるのか?

逃げられるかもしれない。その思いに心が震える。しかし志弦はひどく冷静な態度をとるようにつとめた。

「どちらもいやだと言ったら？」

　相手の出方を試すように問いかける。ここでうっかり喜びをあらわにしてしまうと、サディクのことだ、志弦がなにか企んでいると考えるだろう。そうなれば元も子もない。

「頑固な男だ。演奏を断るのなら、そなたに自由は与えないぞ」

　サディクはパソコンを開いて、図面を作成し始めた。

　よほど志弦のことを信頼しているのだろうか。それとも逃げられまいと思っているのか、そこに記されているのは今夜の兵の見取り図と、セキュリティコードだった。

　――もしかすると、今夜……ここから逃げだすことができるのか？

　アメリカからの来客は、志弦のいる離宮から離れたところにある国の施設に滞在する。兵が集中して配備されているため、志弦のいる建物はセキュリティが手薄になるはずだ。

　志弦は口元に淡い笑みを浮かべた。

　――チャンスだ、今夜、ここを逃げだすことが可能かもしれない。

「わかりました。練習します。今から食事もとりますのでトレーを。それから練習しやすいように、本番用のスーツやアラブ服ではなく、カジュアルな服装やスニーカー等を用意してください。そのほうが集中できるので」

　いつでも逃げだせるような服が欲しい。この男に負けたくない。性奴隷にされるくらいなら、殺されたほうがいいとは思っている。けれど逃げられるのなら逃げたい。

「わかった。用意させよう」

サディクはアリーに志弦の衣服を用意するように命じた。そんなサディクを志弦は冷ややかな眼差しで見つめていた。


その夜、食事会が終わったあと、志弦は逃亡した。

アメリカ人に助けを求めることはできなかった。彼らの服装、顔立ち、そして物々しい雰囲気に、まっとうな企業家でないことがすぐにわかったからだ。

おそらく武器商人。演奏のあと、彼らの会話から、核弾頭、劣化ウラン弾やナパーム弾、クラスター爆弾の入手方法がどうの……という、得たいの知れない怖ろしい武器の話題が聞こえてきた。

戦争、内乱のある場所に群がるハイエナのようなやつらだ。あんなやつらから武器を購入するとは。劣化ウラン等、国際的にも問題になっているではないか。国土を汚してどうするのか。と半ば、苛立ちを感じながら、食事会をあとにした。

かなり大事な客人なのだろう。警備の大半が彼らの宿泊施設に集められたため、志弦のいる離宮は、案の定、手薄になっていた。おかげですぐに逃げだすことができた。

それから数時間。志弦はひたすら砂漠を走り続けていた。

はあ、はあ……と息を切らしながら、砂の上を走っていく。

頭から足首までをすっぽりと覆う黒い布をかぶり、夜の砂漠をひたすらまっすぐ。

「くっ……すごい風だ」

凄《すさ》まじい風が全身を打ち、前髪が四方にばらけ、布が吹き飛びそうになる。ぐっと襟元を摑み、志弦は黒い布が躰から離れないよう懸命に力をこめた。

砂丘のむこうに浮かびあがった首都ダーナ。西のイスタンブールとも呼ばれ、古めかしい建物や市場がひしめくように建った迷宮都市だ。

新市街はイスハークのクーデターによって壊滅的な被害をうけたが、旧市街は戦乱を免れて、昔のままの姿を残しているらしい。

だとすれば、だいたいの地理はわかる。

——ダーナに行けば何とかなる。急がなければ……。

広場に長距離バスのターミナルがある。そこから国境行きの長距離バスに乗って隣国にむかう。そして日本大使館に行けば……。

クーデターのあと、空港や鉄道が封鎖されているため、長距離バスを使う以外、この国から脱出する方法はなかった。

金も以前の通貨がそのまま使用できるので、バス代くらいは何とかなるだろう。

——サディク皇子……私が逃げたとわかると……彼は将軍から罰を与えられるだろうか。

一瞬、そんな不安が胸をよぎる。

しかしすぐに考え直した。

彼のミスだ。パソコンを見られ、逃亡されたのだとしたら。

——悪いのはサディク皇子だ。私の目の前で、警備の図を広げたりして。

そう、そんなミスをするような男だ。今回のことが問われなくても、いずれなにかミスをしてイスハークから問題にされてしまうだろう。

サディクのことなど知るものか。

強い怒り。憎悪。それが原動力となって、志弦を衝き動かし、ひとりで真夜中の砂漠を突き進むという暴挙を成し遂げさせていた。

とにかく時間がない。朝の祈りの時間のあと、アリーが朝食をもって志弦の部屋に現れる。そのとき、騒ぎになるだろう。それまでに少しでも遠くへ。

志弦は布をたぐりながら前に進んだ。

「う……ん……っ」

砂が目や口のなかに入りこみ、足はがくがくだった。膝も腰もどこもかしこも痛くてどうにかなってしまいそうだ。

もう前に進めない。いっそすべてをあきらめ、ここに倒れこみたい衝動が突きあがってくる。そのまま砂漠で朽ちてしまったほうがどれだけ楽だろう、と。

しかしそのたび、脳裏にサディクの残像が浮かびあがり、志弦を衝き動かす。

砂漠の男特有の荒々しい色香をにじませた若き皇子。

漆黒の前髪の隙間《すきま》からのぞく鋭利な双眸《そうぼう》。長身のたくましい体軀《たいく》を黒いアラブ服で包んだ姿は死神を思わせる冷たさ。

『あなたの奏でる音楽は、私の救いとなっています』

初めて出逢ったときのことは、今もまだあざやかに覚えている。

この手をとり、お伽噺《とぎばなし》に出てくる騎士のように甲にくちづけしてきた男。

彼がどんな思惑で自分に近づいたかなど気づくことはなかった。彼が最悪の形で志弦の人生を踏みにじるまでは。

『そなたはただの道具でしかない。私にとって、有益に動かせる駒《こま》のひとつ』

その冷酷なひと言。

「……っ……絶対に許さない」

愚かだったのだ。彼の淋しげな笑みに心を揺り動かされた己のバカさ加減に腹が立つ。

――これ以上、だまされるものか。負けない、あんな卑劣なやつに。

己を奮い立たせ、志弦は黙々と前に進んだ。そしてどのくらい進んだのか。

あたりが薄明るくなってきたとき、志弦は街外れに到着した。街道を行く車。城塞《じょうさい》の近くに放牧されたラクダや山羊の群れ。

「よかった。ここまでくればあとわずかだ」

暁暗《ぎょうあん》でもはっきりと見える街の城塞。

あのなかに、赤褐色で統一された旧市街があり、その中心に建つモスク前の広場にバスターミナルがある。難民でいつも満杯だというバス。彼らにまぎれこんで一気に隣国に渡り、日本大使館に逃げこめば……。

早足で進み、城塞へと進もうとしたそのときだった。

「待てっ、外国人だ！」

突然、低い声があたりに響き渡った。

アラビア語ではない。英語だ。だとしたら、サディクの追っ手ではない。彼の部下に、英語を話す者はいない。

「――――っ！」

顔をあげた瞬間、銃をもったカーキ色の軍用服を着た兵士たちが次々と現れる。

イスハークが率いている正規軍ではない。以前の正規軍とも違う。何者だ？

「顔を見せろ」

銃剣の先で、くいっと頭に被っていた布を払われる。ちょうど東の空にのぼった太陽の光が志弦の顔に降りかかる。

砂混じりの風に、さらさらと靡《なび》いていく癖のない前髪、そしてあらわになった相貌《そうぼう》。志弦の切れ長の黒々とした目やひな人形のような面輪は、この国では明らかに異質だ。

「東洋人か。もう外国人はいないはずだが、怪しいやつだ」

カチャリ……と誰かがトリガーをひく音。そのとき、幹部らしき男が現れた。

「殺すな。中国からの不法労働者だろう。生かしておけば、いい奴隷にできる」

奴隷――――？

「こっちにくるんだ」

腕を掴まれ、目の前のトラックの荷台に引きずるように連れて行かれそうになる。

そこには頭を布で隠された十数人の男女が後ろ手に縛られた状態で、護送中の囚人のように詰めこまれていた。

これは一体……。この国で誰かが人身売買をしているのか？　いぶかしげに志弦が兵たちを見据えたそのとき、パンッとあたりに銃声が響いた。

「伏せろっ！」

反射的に、志弦はトラックの陰に倒れこんだ。次の瞬間、城門に激しい爆発音が響く。

「――――っ！」

轟音《ごうおん》が鼓膜をつんざく。ぱらぱらとガラスや石が頭上から降ってくる。

「うぐっ！」

目の前で次々と撃ちぬかれ、血を流して倒れていく兵士たち。まわりにいた全員が地面に倒れ伏し、あたりはシンと静まりかえった。

なにが起きたのか。どうしていきなりこんなことに……と疑問を抱いたそのとき、細長い影が砂上に刻まれるのが見えた。

「もう大丈夫だ」

顔をあげると、砂上の黒い影がゆらりと揺れる。

風がやみ、あらゆるものが枯渇したような黄金色の砂の大地に、長身の男が手にライフルを携えて佇んでいた。

「……っ」

サディク……。漆黒のアラブ服で口元まで覆っている姿は、皇子というよりは、悪魔……そんな風情だった。一歩、二歩と志弦に近づいてくる。彼のところに、城塞のなかから現れた軍人が駆けよってくる。

「サディク皇子、ご無事でしたか。テロリストたちは？」

「まだ息の根のある者もいる。捕まえ、人身売買について聞きだせ。それから荷台にいる市民を解放し、それぞれ家まで送ってやれ」

「はい」

軍人たちがトラックの荷台へとむかう。

それを一瞥《いちべつ》すると、サディクはあきれたような眼差しで志弦を見下ろした。砂塵《さじん》を吹きあげるような風が吹きぬけ、サディクが長身の肢体に纏《まと》った黒い布が空気を孕《はら》んで、大きな鷹《たか》の羽のようにはためく。

「私がいない間に逃亡するとは、たいした男だ。さあ、立て。戻るぞ」

サディクはまっすぐ手を差し伸べてきた。志弦はその手を無視して立ちあがった。

「いやです。私を逃がしてください。死んだものとして」

「だめだ、イスハークと約束した」

「ですが、私はただの音楽講師です。彼の後宮に入ったところで、たいして役に立たないような人間ですから」

　ふっとサディクが淡く微笑する。

「それはない。そなたは類《たぐ》い希《まれ》な美貌の持ち主だ。東洋的でミステリアスな。その黒くて強い眼差しが実にいい。それにそなたはただの音楽講師ではない。そなたの音楽は至高の美しさに満ちていた。私はそなたの大ファンだ。そなたほど私の心を魅了した音楽家はいない」

「プロのソリストとして活動していたのは……昔のことです。今の私は、この国の日本人学校に雇われた講師です……」

「その学校はもうない。誰ひとりとしてこの国にそなたの仲間はいない。さあ、行くぞ」

ぐいっと腕をひき摑まれる。

「いやですっ！」

志弦はパンッとサディクの頬を叩《たた》き、とっさにその肩からライフルを奪いとる。

わざとこちらの出方を見たのだろう、何の抵抗もせず、サディクは平然とした顔でライフルを奪われた。

志弦はトリガーに指をかけ、銃口をサディクに突きつけた。朝の日差しを反射させ、銃身がきらりと光る。まわりの兵士は、一斉に志弦に銃をむけた。

しかしサディクは、すっと手をかざして兵士達に銃をさげるように命じる。

「加勢は必要ない」

サディクはじっと志弦を見据えた。何の感情も感じさせない、冷厳な眼差しをむけてくる男の横顔を、目映い陽光が照らしだしている。

深く濃い影。太陽の明るさと対比するような。この男の心にもまた、こちらからは計り知ることができない冥《くら》い影が広がっているように思う。

「撃ちたければ撃て。ただし、一発で私を撃ち殺せ。そなたが一発で私を仕留めた場合は、神《アッラー》のおぼしめしと思い、この国から出ていくことを止めぬよう、今、ここにいる兵士たちに言っておく」

尊大に告げると、サディクは傍らにいた側近に耳打ちした。

「さあ、早く撃て」

「皇子……」

撃つ？　一発で撃ち殺す？　ここで？　この男を……。そうすれば自由になれる？

志弦は瞬きもせず、男を見据えた。

このままライフルを撃てば、この男は死ぬ。そして兵士たちは、彼との誓いを守る。そうなれば、この国を出ることができる。

この男さえ殺せば……自由――――。

トリガーにかけた指先を震わせる志弦に近づき、サディクは手を伸ばしてきた。さあ、と手を差しだしたまま、一歩、近づかれ、志弦は、ジリ……と少しだけ後ずさった。

「殺せないなら、返せ。そなたにはライフルより、ヴァイオリンのほうがあっている」

「……っ……殺せないのは……皇子、あなたと同じことをしたくないだけです」

そう、そんなことをすれば、この男と一緒になる。

人を犠牲にして自由になるようなこの男と。

「私と？　つまり人を利用したり犠牲にしてまで自由に……なりたくないということか」

「当然です。そんなことできるわけがありません」

志弦は、サディクを睨《にら》みすえた。

つい先日までは、心から愛しく思っていた。

命さえ惜しくないと思うほど。けれど今、そんな感情はない。消失した。この男の裏切りによって。今あるのは、激しい憤りだけ。

「では仕方ない。私の命を奪えないというのなら、そなたは命令に従うしかない」

殺せない。そもそも、ただの音楽講師の自分に、人殺しなどできるわけがないのだ。たとえ己の自由と引き替えであったとしても。

「く……っ」

志弦はライフルを手から放した。するりと落ちた銃の提げ紐《ひも》をサディクが摑み、そのまま何事もなかったかのように己の肩に戻す。

「覚悟をきめろ。この国の外に、そなたの生きる場所があるのか？　行くあてを失い、ここにやってきたのは誰だ」

「ですが、この地にも私の生きる場所があるとは思えません」

「いや、ここでは、そなたの努力次第で、富と栄華を手にすることが可能だ。最高権力者の寵《ちょう》姫《き》になれるのだぞ」

「私は心を殺し、誇りを捨てた奴隷にはなりたくありません。あなたのような」

「私の生き方をどう思うかは、人それぞれだ」

悠然と微笑し、サディクは傍らに控えていた兵士たちに目配せした。

ぐいっと腕を引っぱられて後ろ手につながれる。

「この先、逃げだすようなことがないよう、そなたには罰を与えないといけないな。苦痛ではなく、その身がこの地から離れられなくなるほどの悦楽を与えるという最高の刑罰を」

「……な……っ」

睨みつけると、サディクは口元をわずかにあげ、艶笑を深めた。

「さあ、離宮に戻るぞ」

ふっと視界の端に太陽に灼《や》かれ、黄金色に耀く砂漠が見えた。

幾層にも重なった砂の上に刻まれている風紋。

はるか高く空をゆく鳥たちが朝日に照らされ、ゆったりとたゆたうように羽ばたいていく。

その影が深く濃く砂上に落ちていた。

──私はあの鳥のように自由になることはできない。

そんな実感を抱きながら、サディクの車の後部座席に乗せられる。

そのとき、城塞の内側からコーランを朗読する祈りの声が聞こえてきた。

アザーン。朝の礼拝の時間だった。

音楽のように美しい朗読があたりに反響するなか、パタンとドアが閉じられ、志弦は観念した面持ちで瞼《まぶた》を閉じた。

6 不協和音

砂漠のなかの離宮に、再び戻っていく車。

サディクは黒い馬に乗り、そのあとに続いていた。

宮殿に戻ると、イスハークが険しい顔でサディクの帰りを待ち構えていた。ホールに入るなり、銃剣をもった兵士がサディクと志弦を取り囲む。

——サディクも？

志弦よりも大勢の兵士に銃剣を突きつけられたのはサディクのほうだった。

自分が逃亡の罪で罰せられるのは覚悟していたが、この予想外のイスハークたちの反応に、志弦はなにが起きたかわからず、呆然《ぼうぜん》と目をみはった。

しかしサディクはそれを承知していたのか、驚くことも怖じ気づくこともなく、幾つもの銃剣の先をむけられても、悠然と佇んでいた。

宮殿を駆け抜ける夏の風が、彼の黒衣を大きく孕ませ、裾が靡いていく姿に超然とした威厳すら感じられ、むしろまわりの兵士達のほうがどことなく尻込みした表情をしていた。

尤《もっと》も、イスハークだけはそんなことは気にしていない様子だったが。

「サディク、俺に戦況報告もせず、独断で兵を連れてダーナにむかったそうだな」

「すまない」

「俺の許可なく一個中隊を連れて行くとはどういうことだ。それは、俺が山岳民族制圧のために、おまえにあずけた部隊だぞ」

険しい声。尋問か、公開裁判かといった張り詰めた空気。志弦は息を殺してふたりの様子を見つめた。

「イスハークの怒りは理解できる。今回は私の判断で行動した。そのことについては謝る」

だがサディクはいたって冷静だ。なにもかもわかって行動したといわんばかりに。

「判断の理由は？」

銃剣をもった兵士の間に入り、イスハークが腕を組んでサディクを睥睨《へいげい》する。

「昨日、アメリカからやってきた企業家と国内テロリストがつながっていた。秘密裏に武器の売買を行っていた情報を手に入れて。志弦が彼らに捕まったというのもあるが、テロリストたちは武器と交換に、我が国の少数民族を売り渡そうとしていた。人体実験か臓器移植か。一刻を争う必要があると判断し、一個中隊を連れてむかった」

サディクの淡々とした返答に、イスハークは意味深に微笑した。

「なるほど。確かにそのおかげで、テロリストを捕らえることができ、市民の命は護られた。

おまえには褒美をやらないとならないな」

イスハークはそう言うと、近くにいた部下に目配せした。部下が細工ものの箱のなかから、アメジストのピアスをとりだす。

「これは俺からおまえへの報償だ」

サディクの耳朶《じだ》をイスハークが摑んだかと思うと、ざくっと鈍い音が耳をかすめた。背後から見ていた志弦の耳にも、その音は聞こえてきた。

「……っ！」

サディクの右側の耳たぶから血が滴り、そこに銀細工にアメジストがほどこされた大きめのピアスが埋めこまれていた。

表情も変えず、首筋に滴る血を拭おうともせずにいるサディクをじっと見つめると、イスハークは満足げにサディクの肩に手をかけた。

「友愛の印だ」

イスハークは自分の薬指につけた翡翠《ひすい》の指輪を舌先でぺろりと舐めたあと、サディクの耳朶から流れおちた血を舌先で舐めとった。

「ありがとうございます」

ふたりの不可解な様子を、志弦は呆然と見ていた。

このふたりは、一体、どういう関係なのか。

信頼しあっているのか？　それともイスハークはサディクを憎んでいるのか？

志弦の視線に気づき、サディクは傍らにいた側近のアリーに目配せした。

「部屋に連れて行け」

サディクに命じられ、アリーが志弦を連れて廊下を進んでいく。

別館の手前まできて、人気がないことを確かめると、アリーは神妙な顔でそっと話しかけてきた。

「ここでの会話は盗聴されていませんので、思い切って言いますが、志弦さま、どうかこのようなことはもう二度となさいませんように。皇子が山岳地帯から戻ってきていて、すぐに出向かれたからよかったものの、あなたに万が一のことがあれば、将軍から皇子が失態を追及されてしまいます。せっかくご自由の身になられたのに……」

「では、皇子が自由になるため、私という人間は犠牲になってもいいのか。望んでもいない行為を強要され、人間としての尊厳も踏みにじられて」

反論する志弦を、アリーはさらに強い口調でいさめた。

「ですから、皇子は一度だけあなたを逃がそうとしたではありませんか。自身の通行許可証を貸して、子供たちとともにあなたが逃げられるようにした。国王から、いつも指に付けられていた盗聴器が壊れたそのすきに」

指に？　いつもつけていたものといえば銀細工の指輪。ピアノを練習するのに邪魔になるからつけてこないほうがいいと言っても、彼があれをつけてこないときはなかった。

──では……あれによって、彼の会話はすべて国王に……。

尾行されているらしいことはわかっていたし、彼に自由がないことも知っていた。だがまさかあの指輪が盗聴器だったとは。

そういえば、彼が怪我をしていたあの夜、銀細工の壊れた指輪が床に転がっていた。いつも彼がつけていたものだが。

確かにあのとき、おかしいと思ったのだ。あまりにもあっさりと自分の手首をつないでいたひもがほどけ、簡単に逃げられたことに。

もし、わざと彼がそのように仕向けたのだとしたら?

「彼は私を本当は逃がす気だったのか」

「おそらく。私の推測ですが」

確かに逃げることは可能だった。

だがそのチャンスと引き替えに、志弦は仁美を助けて欲しいとたのんだのだ。

「サディク皇子は……一体なにを考えているんだ。イスハーク将軍に忠誠を誓っているのじゃないのか」

「わかりません。私もよくわからないのです。ただ、最近、国内で皇子を国王にしたいという声があがり始め、イスハーク将軍との信頼関係にヒビが入っているように感じられるので、あなたには慎重に行動をして欲しいと願っているだけで」

「信頼にヒビ？　だからさっきのようなことを？」

「それも私にはよくわかりません。でも将軍がサディク皇子に少しずつ凶暴なことをするようになってきているのは事実です。将軍の政治への不信がサディク皇子への支持に変わってきているせいで」

「将軍はどんな政治をしているんだ？」

「市民の平等をクーデターの公約にしておきながら消費税の導入を打ち出されるようになりましたし、言論の自由をかかげていたはずなのに以前よりも思想統制が厳しくなっています。そしてそのことにサディク皇子が助言をしようとすると、将軍は、おまえは性奴隷の調教と山岳民族の制圧にだけ専念しろと言って、聞く耳をもたれなくなって」

深刻そうなアリーの表情。その表情からうっすらとではあったが、イスハークとサディクとの間の微妙な関係が理解できた。

——もしかすると……。

これまでのことを思い返してみる。

彼の言葉の真実はどこにあったのか。自分が愛した彼が本物だったのか、それとも。

そんなことを考えながら別館のなかに入ると、テラスのガラス戸をコンと叩く音が聞こえた。見れば、馬に乗ったサディクがいた。

黒衣に身を包み、口元まで隠した服装で。

テラスの扉を開けたアリーに、サディクが言う。黒い布で口元を覆ったままの、くぐもった声で。

「どうしましたか」

「その男をこちらへ。馬で少しだけ外に連れて行く」

「しかし、志弦さまは厳重に管理しなければ……外に連れて行っては、またあなたが」

「イスハークの許可はとった。志弦が逃亡することはわかっていた、テロ集団を捕らえるための行動だったと説明したら理解してくれた」

「それならいいのですが」

「大丈夫だ。どうして山岳地帯から早く戻ってきたか、その理由も説明した。アメリカ人企業家たちとテロ集団とのつながりも突き止めたと説明しておいた。彼らの目的と証拠を摑み、イスハークに知らせたところ、彼は手柄を認めてくれたのだ」

志弦はじっと窓の外で馬に乗ったサディクを見あげた。こちらの視線の意図がわかったのだろう、サディクはふっと目を細めた。

「そなたが私のパソコンの画面を見ていたことくらい気づいていなかったと思うのか」

「では、わざと」

「逃げられると思っていたのか？　愚かなやつ」

サディクが鼻先で嗤《わら》う。

「まさか、あのクーデターの日も、私が逃げるのを知ってて……だから通行許可証を」

しかしその問いかけに、サディクはなにも返さなかった。表情を変えず、じっと志弦を見つめるだけで。

「皇子……答えてください」

そう言ったとき、気まずそうにアリーが首をかしぐ。サディクは手綱をにぎりなおし、わずかに首をかしげた。

「よく聞こえない。あいにく風がきつくて」

さっと吹きぬけていく風。はためく彼の黒装束。

なにも答えないこと――それがすべての答えの気がした。違ったのなら否定しただろう。

「こっちにきなさい。アリー、彼にもクフィーヤをかけて」

サディクは志弦を馬上に乗せ、後ろから手綱をひく。

彼のものとは対照的な白いクフィーヤを日よけにと頭からかけられたあと、彼は志弦を馬に乗せて、夏の離宮の外に出た。

「少しだけ私の国を案内してやろう」

サディクは首都ダーナとは反対の、砂漠の奥地にむかって馬を進めた。

遠くのほうに、荒涼とした赤土の岩山。ところどころ灌木《かんぼく》が生えただけの切り立った山肌を朝日が照らしている。

「志弦、私のパソコンを気にして逃げる算段をしていたのはいいが、あの演奏は何なのだ、そなたの『ロンド・カプリチオーソ』……ただ譜面どおりに弾いているだけではないか」

進みながら、サディクは揶揄《やゆ》するように言った。

「仕事をしながら、私の練習を聴いておられたのですか」

「私はそなたのヴァイオリンの大ファンだからな」

「それは一年前のことです。今はもう左耳が聞こえないのです。どうせ負け犬です。あなたがそう言ったのではありませんか」

「そなたは、あきらめるには惜しい腕をしている」

「そのことは口にしないでください」

志弦は突き放すように言った。

ヴァイオリンの話はされたくない。自分でもまともな演奏ができていないことには気づいていた。

アメリカ人の企業家たちは、こんな砂漠の国で美しい音楽が聴けたと絶賛してくれたが、食事会の余興として優れたものに感じられただけで、決して真に優れたものを称《たた》えてくれたわけではなかった。

思ったような演奏ができないのは、耳のせいだけではない。耳が聞こえなくとも、前国王の誕生祝賀会では、自分でも思った以上の演奏ができた。

サディクの耳に届いて欲しい。

そんな思いで演奏した無伴奏パルティータ――『シャコンヌ』。しかし昨夜はあのときのような気持ちにならなかった。

そう、心が音楽を奏でたい、なにかを表現したいという気持ちにならないのだ。

誰かに聴いて欲しいとも思わない。誰かのために弾きたいとも思わない。ただ命令されて演奏することがどんなに苦痛なのか、はっきりと実感した。

「皇子……音楽とは、強制されて演奏できるものではありません。あなたに裏切られたときから、私の心は音楽を演奏したいという気持ちにはならないのです」

サディクは悪びれもせずさらりとそう返し、馬を前に進ませた。

「それは悪かったな」

――それは悪かったな……。

そんな言い方でしか返されない思い。その程度のレベルでしか思われていないのに、自分だけ必死に意地を張り、ヴァイオリンの演奏ができない……などというのが急に腹立たしくなってきた。

すまなかった、とか、他にいいようはないのか。いや、謝罪されたからといって許せるものではないのだが。

そうして進んでいくうちに、晴れあがった空のもと、ひときわ荒々しい岩山が見えた。

「あの岩山のむこうに、イスハークから平定を命じられている山岳部族がいる。誇りが高く、独立心の強い部族だ」

「日本にいたときも、たまにその部族が独立を求めてテロを起こしているというニュースを耳にしたことがありますが」

その言葉にサディクはなにも返さず、土漠を駆ける馬の速度を速めた。

何もない赤茶けた土漠に、馬に乗ったふたりのシルエットだけが刻まれている。

どこまで行っても乾いた赤い土の海。

やがてしばらくすると、緑の草が生えた泉のほとりにたどり着いた。その傍らには、土壁でできた人気のないコテージ。

「志弦、オアシスの泉だ。少し休憩しよう。ハーリドにも水をやりたい」

「こんなところまでふたりできて……大丈夫なんですか」

「イスハークが出かけたすきに出てきた。昼食の時間に彼が戻ってくる。あと三時間しかない。それまでには戻らないといけないが」

「許可をとったというのは嘘《うそ》だったのですか」

「アリーは生真面目だからな。イスハークがそんなことを許可すると思うのか」

「そんなことをしてまでどうして私を」

「この国を見せたかったと言っただろう」

どうしてこの国を……と問いかけたかったが、やめた。その意味を知ったところで、彼の本音を聞くことはできないだろう。

「山岳民族が我々を襲うということはないのですか」

「誇りの高い民族だ。彼らはこんなふうに無防備にしている人間を襲うことはない。そもそも好戦的な民族ではない」

「ですが、何度も自爆テロをしているというニュースを耳にしました」

「マスコミというのは、その時代の政局とつながり、事実を歪曲《わいきょく》して国民をプロパガンダするためにあるようなものだからな」

つまり山岳民族もマスコミが流した誤ったイメージで伝えられている……と彼は言いたいのか。ではどうしてそんな民族を彼は制圧しようとしているのか。

「彼らは決して望んで自爆テロをしているのではない。彼らの制圧を命じられ、実際に何度か戦ったことで私にはそれが痛いほどよくわかった」

「皇子……」

「私が見た自爆テロのなかには、切ないものが多かった」

サディクはそう言って、これまで見てきた少数民族たちの悲劇を話してくれた。

結婚式の日に、ただ結婚式用の飾りとして銃剣を手にしていただけで、叛意があると疑われて殺された男。彼と結婚する予定だった若い女性が躰に爆薬を巻きつけ、国王の軍の前で自爆した話。

イスハークに娘を連れて行かれ、愛妾にさせられたものの、彼の意に添わなかったとして殺された女性の弟が、軍の宿舎で自爆した話。

そして……。

「アメリカの企業家たちが行っている怖ろしい事実もわかった。我が国の天然資源の交渉にきている陰で、イスハークに軍事兵器を売りつけ、我が国を始め、近隣諸国に内乱を起こさせ、兵器や人身売買で利益をあげようとしている」

そうか。サディクは盗聴がないところまできて、この国になにが起きているのか、説明しようとしているのか。

「そうした悲劇をイスハークにも理解してもらいたかったが、彼は、大きな理想のためには、小さな犠牲は仕方ないと言う。だが私はそれでは国民の心はいつか離れてしまうと進言し、口論になった。彼が私を不快に思うようになったのは、それがきっかけだ。それ以来、度々ぶつかるようになりいつしか我々の意見が合わなくなってしまった」

「昔はそうではなかったのですか？」

「私が甘いのかもしれない。少年時代の理想をそのまま、今も忘れずに胸に抱いている。だから……幽閉されたり、イスハークに信頼されなかったりするのだろう」

無表情に、淡々と話しているその声音からは、彼の心のなかを読みとるのは難しい。けれど、だからこそサディクの心のやりきれなさや切なさが伝わってきて、胸が痛くなってきた。

——やはり……このひとは私が好きになったとおりのひとなのかもしれない。

優しかった音楽室での日々。一緒に食事をしながら、志弦とも理想の国家造りの話を重ねてきた。

イスハーク将軍ともそうだったかもしれないけれど、私とも理想を共有していたではありませんか。一緒に夢を見させては……くれないのですか？

そんなふうに心のなかで彼に問いかけてしまうのは、自分の勝手な思いこみのせいだろうか。

好きになったのは間違っていなかった。

自分が見てきたサディクの姿は間違っていなかった、だからこそこのひとを愛しく思った自分自身を肯定したい思いこみゆえ。

「……勿論《もちろん》それだけではない。彼の即位を前に、イスラム法学者たちが、私を王位につけろと言い出したことも……イスハークの不信を買った理由のひとつだ」

「法学者たちが？」

「ああ、法に則《のっと》って、私は王位継承権を放棄した。だが、その法というものは、前国王が作った法律であり、国家が規範としている法律からすれば無効になると言い出したのだ」

それでは、サディクには、今もまだ確固とした王位継承権があるということ。

それならイスハークではなく、彼が国王になるべきでは……。

ふっと湧いてくる想い。志弦でさえそう思うのだから、この国の民は、もっと強くそれを思っているのではないか。そしてそれをイスハークは恐れている。

——もし……サディク皇子が国王になったら……。

しかしそうなればイスハークはどうなるのか。

「どうした、浮かない顔をして。案ずるな、私が国王になることはない」

「案じてはいません。でもどうしてあなたは国王にならないのですか」

「私はイスハークに誓った。彼が国王になることを望み、それをそばで支える役目につくことが自分の人生だと。裏切ることはできない」

「でも、彼はあなたを疑っています。ついこの前まであれほど信頼していたのに、政権をとってからの彼は、むしろあなたという存在を憎んでいるように見える。だからそんなところに無理やりピアスをつけたり、私を捧げろと言ったり……そんなひとが国王になって……果たして、理想の国家が造れるのですか」

「言うな！」

サディクは志弦の言葉をさえぎった。

「彼は本当にそんな男ではないのだ。なにかが彼を狂わせているだけで。この六年、私の命を救うために、彼がどれほど尽力してくれたことか。何度も危ないところを助け、励ましてくれた。まだ父が国王だった頃、士官学校で立てた誓いを忘れないでいこう、いつか必ずここから出す、だからどんな屈辱にも耐え、生き抜けと」

サディクのゆるぎないイスハークへの信頼。

もはや、そのときのことを覚えているのは、あなただけかもしれないのですよ、と言いたかった。けれど言えなかった。サディクほどの切れ者が、イスハークの心の変化に気づかないわけがない。ただ彼は信じたいのだろう。ふたりの絆がまだ結ばれていると。

「志弦、喉が渇いただろう、飲め」

サディクは馬にぶら下げていた皮製の水筒を志弦に手渡した。

「ありがとうございます」

風が吹き抜けるたび、彼の黒いクフィーヤが荒々しくはためき、さざ波だった水辺にその姿があざやかに映しだされる。

「イスハークは、国王になったあとは、きっと私への疑いをなくし、よい統治者となってくれるだろう。平和と幸福な国家造りを。それを信じたい。いや、そのために私も彼を支えなければならない。でなければ、山岳民族を始め、各地の部族を降伏させた意味を失う」

「では、山岳民族は、政府の出した降伏条件に署名してくれたのですか」

「ああ、交渉の結果、私を信じて、条件つきで」

「条件?」

「族長の娘と、私との婚姻だ」

「……っ」

「美しい娘らしい」

どうしたのだろう、胸に強い痛みを感じた。

「将軍は……イスハーク将軍は、何と……おっしゃっているのですか」

こんな質問をしたいわけではないのに、なぜこんなことを尋ねているのだろう。

「私と彼女との間にできた子をすべて養子にしたいとのことだ。そうすれば、山岳民族との和平を前向きに考えてくれるだろう」

「すべて養子とは……どうしてですか」

「イスハークは、私の血をひく後継者を手に入れることで、この国での地位を盤石にしたいだけだ」

「それはあなたが元国王の唯一の嫡男だから？」

「それもあるが、彼が女性を相手にできない男だからというのもある」

「……でも、将軍には……確か何人もの恋人がいると。先ほども女性の愛妾がどうのと」

多くの部下が、忠誠を証明するために妻や恋人をイスハークに差しだしたと言っていた。そして誰も彼を満たせる者はいないと。

「どんなに多くの女性を娶《めと》っても、彼は誰にも満足することはできない。彼は女性に興味がないんだよ。……そしてそのことを知っているのは、この国では私だけだ。女性たちは、褥《しとね》で、彼をその気にさせられなかったとして処刑されて助かった者はいない」

「え……」

志弦は呆然とした。

「クーデターを起こすまでは……そんなことはなかった。彼には男の恋人がいたし、部下から妻や恋人を捧げられても、形だけ、一夜を過ごして、すぐに送り返していた」

「それなのにどうして」

「アラビアンナイトと一緒だ。恋人に裏切られていたことがわかったんだよ。彼の恋人が女性と結婚してしまった。しかもその相手は、前国王の姪《めい》。それ以来、彼は少しずつ変わってしまった。裏切り者、少しでも不信を感じさせる者をことごとく処刑するようになって」

だからあれほど、サディクへの猜疑《さいぎ》心も強いのか。

「一晩、人前で彼に肉体を嬲《なぶ》られたあと、彼をその気にさせられなかった者は、不徳の者としてその場で斬られる。彼の褥に行くということはそういうことだ」

「では……私も」

「それはわからない。彼が本当に褥に欲しいと望んだのは、同性であるそなただけだ。しかもそなたを私と共有したいと言っている」

「……死……でも、満足させることができなかったら……私も処刑を……。私はいずれ殺されるかもしれない運命なのですか」

「その可能性はある」

「あなたは私にそんな運命を強いているのですか」

「そうだ……と言ったら？」

もうどうしていいかわからなかった。

どうしてこんな残酷なひとを好きになったのだろう。他の女性との縁談話。さらには別の男の褥に行けというのもひどい話だ。だがさらにそこで殺されろと平然と言う。

「明日、その書類をもって、山岳民族の代表がここにやってくる。それで正式に婚約は成立し、彼らはイスハークに降伏する。尤も、イスハークが彼らに奇襲をかけることがないよう、ここにくることは、誰にも言っていない。そなたを連れだした姿はアリーに見られている。わざとそうしたのだが、イスハークは、私がそなたを連れて、どこかで淫行に耽《ふけ》っていると思っているだろう。そのほうがいい」

「……っ」

ぽろりと涙が流れ落ちてきていた。

「志弦？」

サディクが顔を覗きこんでくる。

「死ぬのが哀しいのか」

頰に手を伸ばされ、志弦はぱっとそれを払いのけた。

「誰が。これはほっとしたから涙が流れてきたんです。将軍のところで愛人にされるよりはマシです。殺されたほうがずっとマシです。だから……」

言いながら、涙がとめどなくあふれてきた。

サディクは志弦の手を摑んだ。目映い朝の陽光が頭上からふたりに降り注ぎ、ふたりの姿がオアシスの泉に映しだされている。

「そなたはそれでいいのか」

「それでいい。ほっとしています。好きでもない男のものになるよりは、処刑されたほうが嬉しい」

「本当にそれでいいんだな」

「ええ」

「生き残りたいとは思わないのか?」

「どうして」

「もう私を愛していないのか」

突然の言葉に、志弦は激しく動揺した。

「っ……私はあなたを愛してなんて」

どうしてこんなときにそんなことを訊くのか。理解できない。

「そなたは私を愛している、そう思っていたが。生き残って、いつか私の恋人になりたいとは思わないのか」

腰を抱きこまれ、間近で顔を覗きこまれる。志弦は逃れようともがいた。だが、彼の腕が鎧《よろい》のように志弦の躰を拘束し、身動きがとれない。

「っ……やめてください、そんなことを言うのは。私をからかってなにが楽しいのですか」

「からかってなどいない。ただ本音が聞きたいだけだ」

志弦はやるせない気持ちでサディクを見あげた。

優しいときの彼なのか、冷徹な彼なのか。こんなに間近で見つめても、彼の本当の姿が見えない。

愛しているのか、憎んでいるのか……自分でもよくわからない。確かに愛していたのに、ひどい裏切りによって憎しみを感じ、殺したいほど憎んでいたのに、昔の彼の俤《おもかげ》を見つけるたび、愛しかった頃を思い出して。

「私はそなたのことが好きだが」

「……っ」

「そなたが好きだからこそ、抱いた。イスハークに捧げるためとはいえ調教師の役目を願い出たのも、そなたを自分のものにしたかったからだ」

「嘘だ、だって……私を勘違いさせてすまなかったと……あのキスのときに」

「ああ、あれか」

サディクは自嘲気味に笑った。

「そうだったな、そんなことを言ったのだったな。そなたの反応が知りたくて」

「……えっ……」

小首をかしげ、目を見開くと、彼はかぶりを振った。

「何でもない。そうだ、そなたの言うとおりだ。勘違いさせたことを謝る。だが抱きたかったのも真実だ。誰よりも初めにそなたを征服したかったのだ」

「ひどいひとだ。あなたはそんなふうに言う一方で、将軍の褥に行き、人前で彼に嬲られて、斬られろとおっしゃるのですか。そしてご自身は女性と結婚して」

「だめか?」

「だめもなにも、私にはなにも言う資格はありません」

「イスハークのものになるより死を選ぶというそなたが、私のためにその身を任せてくれる。それを純粋に喜び、自身の活動の糧にしては……だめか?」

志弦はじっとサディクを見あげた。

自身の活動の糧……。おそらくこのひとは、このひと自身のなにか目的があるのだろう。たとえば、最初に志弦を逃がそうとしたこと。それからアメリカの企業家たちの動きをさぐろうとしていたこと。

「ひとつだけ訊いていいですか」

「ん？」

「どちらが本当のあなたですか。私が好きになったあなたと、私が憎んだあなたと……」

サディクはわずかに目を眇《すが》めた。

「どちらも本当の私だとしたら」

「あなたは……本当に自分勝手なひとです。では私はあなたを愛することも憎むこともできないじゃないですか」

「いや、愛することも憎むこともできる。そして生きることも」

志弦は目をみはった。

「死ねと言いながら、愛し、憎め、そして生きろとおっしゃるんですか」

「ああ」

「めちゃくちゃです。あなたの言っていることは矛盾だらけ。支離滅裂です」

「だがそうするんだ」

「無理です」

きっぱりと言いかけたとき、彼にさらに強くひきよせられる。顔をあげるや否や、彼の唇が言葉の続きを呑《の》みこんでいった。

「……ん……っ」

弾力のある唇に愛おしげに唇を啄《ついば》まれ、肌がざわめく。

「欲しい……そなたが。調教ではなく、ただの男として」

ゆっくりと押し倒され、サディクがのしかかってくる。

「皇子……っ……残酷すぎます……っ」

「憎みながら、私を愛しなさい」

サディクらしい慇懃《いんぎん》な命令口調。

——憎みながら愛する？　無理だ……どちらかしかできない……。

イスハークに、サディクは信頼されていないのは何となくわかった。サディクの微妙な立場も。そしてその立場を護るために、自分を忠誠の証としてイスハークに与えようとしている。死すら覚悟させて。

「わからない……できるわけがない」

そう言った刹那《せつな》、しかしサディクに唇をふさがれていた。


ハーリドが水を飲んでいる音が聞こえてくるオアシスのコテージのテラス。

泉のまわりだけにしか草が生えていない大地。

まるでふたりのこの一瞬の関係のように思えた。あとはすべてが枯渇し、赤く干上がった荒々しい大地しかないのに、ほんの一点だけ水で潤っている。

「志弦……」

サディクに足を広げられる。

「……っ……志弦……」

腰を押さえつけられ、腕に抱えた膝をさらに引きつけられる。腰が浮きあがり、その下で腰が密着していた。

ぐうっと挿りこんでくる荒々しい肉塊。慣らしきられていない肉の環を広げながら、ぐぐっと亀頭が体内に潜りこんできた。

「ん……んっ、あっ」

歪に結合部が広がり、粘膜に重い圧迫感が加わったかと思うと、ひんやりとした床に背中から押し倒される。

「ん……く……っ」

膝を抱えられ、ぐいぐいと彼が腰を押しつけてくる。内臓を押しあげるように、巨大な凶器となってそれが体内でいっぱいいっぱいになっていく。

「あぁ……あぁっ、あぁっ、あぁっ」

狭い肉筒を圧迫する彼の肉が内側から自分を破壊してしまいそうだ。それがひどく心地よかった。いっそこのまま壊してくれないだろうか。

「くぅっ……ああっ、熱っ……」

彼のものによって体内の形が変えられ、下腹が膨張していく快感に耐えきれず、志弦はサディクのアラブ服を爪で掻《か》いた。

せがんでるように思われたのか、それが合図のように彼が腰をぶつけてくる。

「……ああっ……っ」

「すまない、調教ではないと思うと、己が抑制できなくなってしまった」

耳元で囁く声もいつもより荒々しい。自分を求めて荒くなっている彼の吐息が耳を撫でて心地いい。

「あ、ああっ、いやだ……すご……ああっ、あっ、あっ」

熱く脈打つものが自分のなかでいっぱいになっていく。

どくどくと下腹に伝わる振動の生々しさに、自分とサディクが本当につながっているのだと実感する。

いつもしていることなのに、彼の求め方が違うせいか、彼が荒々しい獣のようになってしまっているせいか。

最初のキスのときも感じたが、アラブの男、砂漠に生まれた男は……こんなにも激しいのだ。

そんな実感を抱きながら、たまらずのけぞって甘い声を吐く。

「あっ、サディ……そこ……すごく……あっ」

自分の奥に彼のペニスが深々と沈みこんでいるのがわかって嬉しい。

「志弦……」

志弦の衣服をはだけ、もの狂おしげに乳首を嬲るサディク。そこはひどく感じやすい。弾力のある唇で圧《お》しながら潰《つぶ》されるうちに、たちまち下肢がわななき、内部にいる彼の肉を強く締めつけてしまう。

「く……締めすぎだ、私を喰いちぎる気か」

ぐっとサディクが突きあげてきた。肉が衝突するような衝撃が奔《はし》り、脳髄《のうずい》に痺れが奔る。肉のぶつかる淫靡な音。容赦なく揺さぶられ、かき混ぜるように立て続けに深いところを抉られる。

憎みながら愛する。そんなことができるわけがない。けれど、憎しみと愛情の双方が志弦のなかで揺れているのは事実だ。

「あぁ……ああ……やぁっ」

彼の背に爪を喰いこませ、猛《たけ》った肉塊が体内で暴れる刺激に身を委ねていく。

「あ、はぁ……っ、んん……」

「いいのか？」

「……ん…っ……ん」

志弦はたまらず喘《あえ》ぎを殺すように自分の指を噛もうとした。とっさにその指を摑み、サディクが耳元で囁く。

「……だめだ、ヴァイオリンを演奏する大切な指だ」

「無理……もう演奏は……」

「演奏できるように……なれ……それだけがそなたの生きる道だ」

生きる道――――？　朦朧《もうろう》としながら、見あげると、サディクが唇を重ねてきた。それに応えるように志弦の体内は彼を締めつけている。

下肢を突きあげながら、サディクがさらに激しく唇を啄んできた。本当にアラブの男は獣のようだ。

「ん……っふ……ああっ、あっ」

深いところを抉られ、自分がどうなっているのかわからないまま揺さぶられている。

唇も、指も、そして躰も……太陽の下で、彼に熔けていく気がしていた。

「あ……あぁっ」

ふっと香ってくる、ダマスクローズの香り。彼の纏ったクフィーヤから漂っているのか。

オアシスの草原の匂いと入り交じって細胞に染みとおっていくようだった。

すべてが熱い。太陽も彼も自分も。骨の芯《しん》までとろとろに熔け、憎しみも愛しさも甘い粘液で入り交じってしまいそうな、そんな切なくも狂おしい時間だった。

7　あなたのために

翌日、サディクは、山岳民族の代表から和平の印の書類をあずかり、帰路についた。

しかしひと言も理由を話さずに志弦《しずる》を連れだして外出したことで、サディクはイスハークにひどい仕置きをうけることとなった。

「おまえはやはり俺に叛意《はんい》があるのではないか」

両手を鎖でつながれ、激しく銃の柄で顔を殴られ、鞭《むち》で打たれている。

ふたりの間には、かつての熱い友情はなくなっていた。今は、疑念だけ。

「私には叛意など……。こうして自由になっていることに喜びこそすれ……」

ビシビシとはじけるような鞭の音。

熱帯植物園のようになった木々に囲まれた空間に、サディクの血が飛び散っていく。

志弦の囚われている部屋のなか、先ほどから延々とサディクが責め苦を与えられていた。

「……サディク、おまえは俺に感謝しないと。本当ならとうに処刑されている身だ」

イスハークは心地よさそうに嗤《わら》いながらサディクの躰《からだ》に鞭を振り落としていく。

「……っ」

志弦はその様子を見て、やはり……と確信した。

『憎みながら、私を愛しなさい』

あの言葉の意味……。それがふいに胸のなかでリアルな実感となって伝わってきた。

彼は、自分の本意で志弦をイスハークのものにしようとしているのではないのではないか。

彼のもっと大きな目的、そのためにどうしようもないなにかがあるのではないか。

鞭を振り下ろしていくイスハーク。肉を打つ音。

「う……っ」

サディクの皮膚から血しぶきが飛び散る。漆黒のアラブ服をぼろぼろにされ、ほぼ半裸にされた彼の胸や腹部に生々しい血の跡が刻まれていく。

「昨日も、本当はこの男を逃がそうとしたのではないか」

「違う、アメリカの企業家たちが、我が国の戦争難民を生きたまま拉致《らち》し、テロ行為に荷担しようとしている証拠を摑《つか》みたかったのと、山岳民族への劣化ウラン弾の使用を食い止めたかっただけで…」

サディクがそう言った次の瞬間、イスハークは鞭でぴちゃりとその頰《ほお》をぶった。左の頰に月の形の傷跡が刻まれ、そこから血が滴っていく。

「不愉快だ。テロの証拠も山岳民族への劣化ウラン弾の件も、すべてはおまえの一存ではなく、俺が決めることではないのか」

「そうだ」

なおもサディクの左頬に血が流れている。相当深い傷だ。

「それなのに、おまえは勝手に、山岳民族と和平を結んだ」

「あなたの即位式までに和平を結びたかった。それだけだ」

「山岳民族は、俺がどんなに譲歩した条件を出しても、和平を結ぼうとはしなかった。それなのに、おまえには、結婚を申し出て……」

「……だが、あなたも最初は、私の婚姻に賛成したでは……」

「おまえがどう出るか試しただけだ。山岳民族の族長の娘と結婚してもいい、その代わりできた子供を俺の養子にすると言えば、おまえがどう出るか。どれだけ俺をないがしろにするか、結局王位を狙《ねら》おうとするのではないか、試しただけだ。案の定、おまえはこれ幸いにあいつらを勝手に降伏させ、さらには勝手に企業家たちを逮捕しようとした」

ふたりの会話を聞いているうちに志弦は胸の底に冷たい空気が流れこんでくるような感覚を抱いた。

「違う！　……私は王位は望んでいない。この国を護りたいだけで……」

言いかけたサディクの頬をビシッとイスハークが手のひらで打つ。サディクの唇からはさらに血が流れ落ちていった。

「そういう発言を聞くたび、俺はおまえを疑う。おまえが、王位をねだっているように感じられて。国の未来を憂うのは、おまえではない、私ではないのか」

「イスハーク……」

「サディク、この国の最高権力者は誰なんだ」

サディクの乱れた前髪ごと頭に巻かれたクフィーヤをわし掴み、イスハークは鋭い眼差《まなざ》しでサディクを睨《にら》みつけた。

絡みあう視線。サディクは迷う様子もなく静かに答える。

「イスハーク、あなただ」

イスハークが目を眇《すが》める。

「本気でそう思っているのか」

「ああ」

まっすぐイスハークを見つめるサディク。その漆黒の眼差しに搦めとられるようにしばらく身動きもしなかったイスハークは、すっと彼のクフィーヤから手を離し、一歩後ろにさがる。

「今回だけは見逃してやる。国王即位式は、もう十日後に迫っているからな。その間、その男を逃がしたら、今度こそおまえの命はないと思え」

その様子を見ていると、即位後、イスハークがサディクを処刑してしまいそうな気がして背筋に寒気が走る。

しかし同時にこれまで感じていたいろいろな謎《なぞ》も解けた。

サディクは、前国王から自由になるために、クーデターを起こしたイスハークの仲間に加わった。だがイスハークは、正式な王位継承権をもったサディクに対して複雑な気持ちを抱いている。

彼の存在の頼もしさ、彼の地位への恐怖。そのふたつの相反する気持ちの狭間《はざま》で、サディクへの嫉妬《しっと》にも似た感情だけが残ったのではないか。

彼に支持されることで王位を継承できる自分。しかし彼を国王にという声も国内には存在する。そして彼がいなければ、政権簒奪《さんだつ》者と批難される。

なによりイスハークはサディクの明晰《めいせき》さに激しい警戒心を抱いている。これまでも親友のように振る舞いながらも本当は警戒していたのだろう。特にクーデターに成功してからは。

――そういうことか。

イスハークは、サディクの忠誠を疑っている。

だが、志弦を差しだそうとした行為を含め、彼のまっすぐな言動から完全に疑いきることはできない。だから何度もサディクの忠誠を試そうとしている。

そしてその心の奥にある、イスハークすら気づいていない本心……彼のサディクへの真の想い。

――憎みながら、愛しているのか。愛しながら、憎んでいるのか。

それが志弦にははっきりとわかった。

それから一週間、志弦はサディクと会うことはなかった。

イスハークの命令で、彼の即位式のための子供たちへの合唱の指導があったからだ。イスハークの国王即位式の様子は、全世界にテレビとネットを通じて放送されることになっている。

そのため、国中から見栄えのする容姿の子供が二百人集められ、そこで国歌を大合唱することになっていた。

そんなあるとき、合唱の指導から部屋に戻ると、サディクがぐったりと寝台に横になっていた。またイスハークと揉《も》めたのだろうか。

「……ん」

寝台に横たわったまま、無防備に瞼《まぶた》を閉じているサディクを志弦はじっと見下ろした。また頬から血を流している。

黒いアラブ服を躰に巻きつけるようにして、ひどく憔悴《しょうすい》した様子で倒れていた。

傍らに腰を下ろし、サディクの頬の傷にハンカチを添えると、うっすらとサディクが目を開き、志弦を見あげた。

「また、なにか将軍と揉めて、懲罰をうけたのですか。拷問をうけさせられたようにも見えますが」

「そなたには関係ないことだ」

「あちこち怪我《けが》をして。結局、あなたは、将軍から信頼されていないわけですか」

サディクはなにも返さなかった。当然だろう、会話は盗聴されているのだから。

「そんなに自由が欲しいのですか」

志弦は冷ややかな眼差しで彼の耳につけられた紫色のピアスを見つめた。

「……」

「どうしてなにも答えないのですか」

彼は志弦から視線をずらした。

「それとも、いっそあなたが将軍の愛人になったらどうですか」

「なにを言う」

「私のなかで溶けあうんでしょう？　そんなまわりくどい真似《まね》をせず、あなたが将軍を抱いてあげればいい。彼はきっと満足しますよ」

「バカなことを」

サディクは……残念ながら、まったくイスハークの気持ちに気づいていない。彼のなかにあるサディクへの愛憎の本質を。嫉妬、羨望《せんぼう》、憎悪……そして執着。

「彼を愛することはできないということですか」

「そなたは……なにか勘違いしてないか。私と彼とはそういう仲ではない」

やはりサディクにはわからないのだ。イスハークの気持ちが。

ずっと牢獄のなか、幽閉され、闇のなかで生きてきたはずのサディク。しかし彼は、もともと光のなかにいる人間だ。産まれながらの皇太子。だからイスハークの心のなかにある憂悶《ゆうもん》が理解できないのかもしれない。きっと永遠に。でも志弦には理解できる。憎みながら愛する……ということの意味とずっとむきあってきた志弦には。

「将軍とはもうふたりの理想と違う方向にむかっているのに、将軍にまだ従うのですか」

その問いかけにもサディクが答えることはない。盗聴を意識してのこととはわかっているが、それがどうしようもなく悔しかった。

「将軍から信頼されず、私を調教するような卑しい真似をして……皇子としての誇りはないのですか」

無性にサディクを傷つけたかった。そして彼の本音を知りたかった。うすうすは気づいているものの、もっとはっきりと、もっとしっかりとした形で。

そうでないと覚悟が決まらないからだ。

国王即位式はもう間近に迫っている。

そのとき、イスハークの褥《しとね》に行き、彼を満足させられなければ殺されるかもしれない。そんな人生を歩まなければならないのなら、せめてなにか確かなものが欲しくて。

「もう彼はあなたの理想とする国王にはならないかもしれないのに、それでもなおあなたは私に将軍のもとにいけという。そんな残酷なことをよくも」

盗聴器を知っていて、わざと言う。それでも彼の反応はない。

「それなら将軍にたのんでいいですか。もし彼を満足させることができず、私を処刑することになったら、死刑執行人はあなたがいいと」

そのとき、わずかに彼の肩が揺れた。

志弦は横たわった彼を上から覗《のぞ》きこんだ。

その顔に影がかかったかと思うと、後頭部に手をかけられ、唇をふさがれた。

「……っ」

唇をこじあけ、サディクが舌を絡めてくる。荒々しく乱暴なくちづけ。志弦は彼の腕を摑み、そのくちづけに応えていた。

「ん……」

なにかを語ることなく、言葉を発しないまま、それぞれの唇の皮膚を潰《つぶ》しあうかのように唇を重ねていく。

唇の間を駆け抜けていくダマスクローズの香り。

初めて会ったとき、腕に抱えきれないほどのダマスクローズをくれた。あのときの噎《む》せるような匂《にお》いと同じものを息苦しく感じる。

それが強く胸を締めつけ、唇を離すのが怖くなってきた。一瞬でもふたりの唇の間にすきまができてしまうと、あのときの幸せな気持ちをなくしてしまいそうで。

胸から狂おしい衝動があふれたように、たくましいその背をかき抱き、さらなる熱を求めて唇を擦りつけていく。

「んっ……んっ」

このひとの本質は……やはり自分が好きになったままだと思う。一週間前イスハークに打たれている姿を見て、そう確信した。

けれどそれだけがこのひとのすべてではなかった。

正義感に満ちた白衣の皇子はもういない。ここにいるのは、白衣の皇子の頃の魂を抱きながらも、生き残るたびに必死にもがいている黒衣の皇子。

その黒衣ゆえに見えなかった部分を一度は憎んだ。

しかし今は違う。それゆえの弱さや、もがいているところに惹《ひ》かれる。生きるため、生き残るためにもがいている姿に。

そんな弱さをもったひとだからこそどうしようもないほどこのひとが好きでたまらない。

狂おしいほどこのひとが好きで好きで好きで……恋しくて愛しくて、どうにかなってしまいそうだ。

「……そなたの唇は……永遠に味わっていたい心地よさだな」

顔を離すと、サディクは指先で志弦の唇をすーっとなぞっていった。淡い笑みに胸が苦しくなる。

「それより、怪我の治療をしないと」

「大丈夫だ。自然に治る」

「でも細菌に感染したら」

「たいしたことはない」

くいと再び後頭部をひきよせられ、強く唇を押し当てられる。唇を割ってサディクの舌が口内をさまよい、舌を搦めとっていく。今度は荒々しく狂おしげなくちづけとして。

「んっ……んん……っ……」

熟れた棗椰子《なつめやし》の実を転がすように舌をもつれあわせる。どちらのものともわからないほどもつれあった舌の蒸れた湿度。

——将軍を倒して……あなたが国王になることはできないのですか。

喉の奥まで出かかっている言葉。そう思っても口にはできない。口にすると、叛意があるとして、彼も自分も処刑されてしまう。

おそらくここには盗聴器が仕掛けられているのだろうから。

「また……調教をしてくれますか？」

唇を離し、その目を見つめて問いかける。

「いいのか?」

サディクが目を眇める。

「いいも悪いも、それがあなたの仕事でしょう? 私を最高の性奴隷にしてください。将軍の国王即位式まで時間はない。精一杯、褥では彼に尽くします。満足させることができず、処刑されるときはどうかあなたが死刑執行人になってください。でも満足させられるようにがんばります。あなたと将軍がこの先どうなっていくか、その行く末を見るためにも」

祈るような思いで告げる。

じっと志弦の顔を見あげ、サディクはふっと口元に苦笑を浮かべた。

「そなたという人間は……本当に……」

「本当に?」

「そのヴァイオリンの音色そのものだ」

「皇子……」

「透明で、まっすぐで雄々しくて美しい。誇り高さと何事にも屈しない強さ、そしてサムライのような潔さを感じた。だから、牢獄《ろうごく》を出て会いに行った。そなたの音楽を聴いたときから、私の今の人生が始まったんだよ」

「それを……光栄と思っていいのですか」

「いや」

サディクがかぶりを振る。

「まだ早い」

「早いというのは？」

「もしものときは私が死刑執行人になる。その代わり、そなたにひとつだけ頼みがある」

「ええ……私でできることであれば」

「本当か？」

「一体、なにをすればよろしいのでしょうか」

「それは……明日……話そう」

「皇子……」

「今夜はそなたの調教をする。あいにくこんな躰だ。自分から動く気にはならない。傷だらけなので、服も脱ぎたくない。ちょうどいい、調教の最終項目として、そなたのほうから私を喜ばせ、達かせろ」

「私からですか？」

「最高の性奴隷になるのではなかったのか？」

「……わかりました」

今度は自分から。

「では、私からやってみます。どうかよくなかったら、申し出てください」

志弦は服をはだけさせたまま、彼の性器を口に銜《くわ》えた。以前に彼から教わった行為。

「ん……んっ」

自ら男性器を口内に含み、弄《もてあそ》んでいく。たくましい男の性器の根元をぎゅっと手で握りしめ、慈しむように舌先でゆっくりと先端にむかって裏筋を舐《な》めていった。

「ふ……っ」

彼の性器にも快感を送りこもうと、何度も何度も先端を舐めあげていく。それだけでどういうわけか自分の下肢も熱くなってきた。

「どうした、自分も欲しくなってきたのか」

いつしか先走りの蜜《みつ》で志弦の腿《もも》は濡《ぬ》れていた。それに気づいたのか、揶揄《やゆ》するように言うサディクの言葉が恥ずかしい。

「では、次だ。後ろを自分でほぐして、私を銜えこめ」

「はい」

志弦は躰を起こしてサディクの腰を跨《また》いだ。そして枕元にあった秘薬入りのローションを自分の指先に絡め、体温でやわらかくしたあと、足の間に手を差し入れた。

細い腰の奥……そんなところに指など入れたことは一度もない。

恥ずかしい行為を好きな人の前で行う。そんな羞恥《しゅうち》を感じながら、彼とつながるための場所を己の手でほぐしていく。

「…ん……っ」

何て恥ずかしいことをしているのだろう。膝《ひざ》を立ててサディクの腰を跨いだりして。

「横をむいてないで、私にちゃんと顔を見せなさい」

「いやです」

「恥ずかしがっている顔を見せなさい」

「……っ」

どうしよう、一体、今、どんな顔をしているのだろう。

「さあ、もっと自分でほぐして」

そんなことを言われても。

「もっと淫《みだ》らにしなさい」

志弦の腰骨を摑んで急《せ》かしてくる。下からサディクの視線を浴びながら、まるで自慰をするように己の手でほぐしていく行為。

「ん……っ……」

少しずつ後ろがほぐれていったそのとき、ふっと性器の先端の割れ目にサディクの爪が喰いこんだ。

「……後ろはもういい。キスしながら、私を達かせろ」

「わかりました」

志弦はサディクの頬を手のひらで包みこみ、唇をふさいでいった。深く濃く、相手の舌を搦めとるような勢いで彼の口腔に挿りこんでいく。

「んん、んっ」

サディクが舌を絡め返してくる。そうして志弦は彼を徐々に体内に含んでいった。

彼の腕が腰をひきよせる。

「んっ！」

ずるりと互いの肉が摩擦し、結合部から甘い痺《しび》れが背筋を奔《はし》っていく。自分の体重がかかっているせいか、いつもより早く奥まで彼のものが挿りこんでくる。その圧迫感がたまらない。

「いや、はぁ……どうですか……いい……ですか？」

志弦はサディクの肩に手をつき、彼を銜えながら腰を動かしていく。

「ああ……いい締めつけだ……」

じわじわと体内で彼のものが膨張する。括約筋が大きく広げられ、内部を埋め尽くされていく。重く痺れる体感。どうしたのだろう、それが心地よくてたまらない。

一カ月前までなにも知らなかった躰が、今では同性から与えられる快楽にすっかり慣れきり、鋭すぎる快楽の波にたちまち恍惚《こうこつ》となってしまう。

「志弦……どうだ、いいのか？」

腰を掴む彼の手が、躰を大きく上下する。揺さぶられ、下から荒々しく突きあげられていく。感じやすい場所を何度も何度もこすりあげられ、全身からどっと汗が吹きだしていく。

「ん……あぁぁ、サディク……皇子……すごく……いいっ……」

はしたなくその腰の上にのしかかり、自分からつながりを深めようと奥に彼を呑みこんで腰を動かしている。躰を埋めていく狂おしい熱。それが愛しくて、手放したくなくなっている。

「あ……あぁ…っあぁっ、あ」

躰の奥に広がっていく重苦しい悦楽の渦。複雑な心ごと呑みこむような奔流に身を任せ、残り少ない逢瀬《おうせ》を惜しむかのように志弦は腰を揺らし続けた。

その夜から、サディクは負傷の治療のため、志弦の寝室には姿を見せなかった。

彼が訪ねてきたのは、その翌日、いよいよ明日がイスハークの国王即位式というその日だった。

「志弦、これからダーナに行くぞ」

「ダーナって。外出してもいいのですか」

「イスハークの許可をもらった。古都ダーナは、明日の彼の即位式を祝って祭りが開かれている。その様子を志弦に見せ、イスハークの権威に触れさせたいと言ったところ、好きにしろという返事がかえってきた。ダーナの市内は、どこでも盗聴の電波が届くからな」

どうせ会話は筒抜け、ということで許可が下りたのか。

サディクと同じように黒衣のアラブ服に身を包み、志弦は彼とともにハーリドに乗った。サディクは武器でももっているのか、肩から大きな荷物を提げていた。

古都——ダーナ。

逃亡しようとしたとき、結局入ることのなかった旧市街の城塞のなかは、明日の即位式にむけてのイベントがあちこちで行われていた。

町のあちこちに棗椰子や糸杉、ポプラの木々が緑を広げ、薔薇《ばら》、オレンジや天人花といった花樹が咲き乱れ、華やかな雰囲気をいっそうもり立てている。

道路を横切っていく自転車やロバを連れた物売り、それから広場で行商をしている商人たち。国をあげての祭りということで、全国から人が集まり、異様なほどの活気に満ちていた。

中心地には迷路のように入り組んだ、屋根付きの店が所狭しと軒を並べる空間。

トルコのグラン・バザールによく似ていた。

中東独特の香辛料の匂い。スカーフを巻いた女性たち、アラブ服姿の男性。モロッコ帽を被ったベルベル人たち。

ざわざわとした人々の喧噪《けんそう》が飽和し、迷路のような古都は千夜一夜の夢にも似た世界となっていた。

歩いても歩いてもにぎやかな露店が続いている。全国から集まった人々がごったがえし、狂騒的な雰囲気が漂っていた。

「いい街だと思わないか？」

ふとサディクが問いかけてくる。

「ええ、私は世界のどこよりもこの街が好きです」

「本当か？」

「嘘《うそ》をついてどうするんですか。この街もこの国も好きだと思ったから、ずっとこの国にとどまろうと思ったのですよ、あなたの力になりたいと思って」

「それなら、明日の即位式で、ヴァイオリンを演奏しろ」

「皇子、言ったではないですか。音楽は強制されて演奏できるものではないと」

「強制されるのがイヤなら、自分からなにか演奏したいという気持ちになってみろ」

サディクはそう言うと、志弦の手を引っぱって前に進んだ。

一体、どこに行くつもりなのか、迷路のような街を突き進んでいくサディク。強烈なにおいのする革製品の洗い場、電灯をきらきらと反射させた銀細工店や真鍮《しんちゅう》鍋を創っている職人たちの一角。

カタカタと糸を巻く婦人の横では、若い女性が絨毯《じゅうたん》を織っている。

そうやって路地を突き進んだ先に、大道芸人たちの集まった広場があった。

突き刺すような陽光に目が眩《くら》む。振りあおげば、夕刻寸前の濃密なまでの蒼。遠くに広がるなだらかな丘陵地は夕暮れの淡い朱に染まっていた。

「ここで、みんなに混じって演奏しろ」

サディクはそう言うと、黒いアラブ服の肩から提げていた大きな袋のなかからヴァイオリンケースをとりだした。てっきり武器が入っていると思っていたが、そんなところに楽器をもっていたのか。

「楽器?」

これはあのとき、王宮に忘れてしまった志弦自身の楽器だ。無事だった。

「手入れはしてある。それで演奏しろ。祝宴で、イスハークに捧げるんだ」

「そんな……」

「『歓喜の歌』を、ここで」

「こんなところで演奏しろと?」

「そうだ、大道芸人に混じって演奏するんだ」

「無理です、私はこんなところで演奏をしたことは一度も……」

「ここにいる人間全員の心に響く演奏ができれば、そなたのヴァイオリンは本物だ」

「いやです、そんなことできるわけが」

「プロとしてやっていくつもりで、パリに留学していたのではないか、それならここにいる大衆の心を揺さぶらないでどうする」

「そんなことをあなたに言われる筋合いはありません」

そう言った次の瞬間、唇を吸われた。

そして手首をとられ、そこにアルファベットを記されていく。

その文字を読み、志弦は息を呑んだ。

——明日、国王即位式の様子は世界の各国に放送される。そこで世界中のひとにそなたの音楽を聴かせろ。世界を舞台にする唯一の機会だ。

フランス語で記された言葉を読み、志弦はじっとサディクを見つめた。だから最高の演奏をしろ、という意味。

——世界中の観客を前に演奏する。その喜び。しかし世界中にテレビ放送されるのであれば、もっと大きなことを訴えることはできないか。

たとえば、サディクのことを。サディクが処刑されないですむようななにかが。

今の自分にはわからない。けれど、演奏しなければという気持ちが衝きあがってきた。

「サディク皇子……わかりました。演奏します。でもここで演奏する前に見せて欲しいものがあります。いいですか」

「言ってみろ」

「壊滅した新市街を。私の住んでいた一角を」

そのままハーリドに乗って、サディクとともに新市街にむかう。

旧市街から続く街道。遠くに岩山が建ち並ぶ砂だけの街道を行くふたりを、宵闇がすっぽりと包みこんでいる。

大地の上をさらさらと風が流れていく。そのとき、荒々しくも無残に広がる瓦礫《がれき》の風景が目の前に広がった。

「やはりこんなになにもないところになっていたのですね」

「ああ、クラスター爆弾や最新の兵器が使用された。中東戦争時にパレスチナに落とされた兵器と似たりよったりだ」

悲鳴が甦《よみがえ》る。あの日の爆撃のなか、皆を逃がしたときのこと。

何のためのクーデターなのか。そう思ったとき、それまで己のなかで絶たれていたなにか大切な感情がふっとつながる気がした。

――私は、何のために演奏すればいいのだろう。

ハーリドから降りると、ヴァイオリンを手にとり、志弦は廃墟《はいきょ》になった新市街を見まわした。

また甦ってくる。

今は焔《ほのお》も悲鳴も爆撃もなにもないのに。聞こえてくるあのときの悲鳴や叫び声。累々と積み重なった死者たちの群れ。

旧市街とは対照的に、外国資本が入りこんでいた新市街はすでに死んだ街となっている。

文明があった場所の遺跡とはまた違う。

そうではなくて、ある一瞬で奪われたものがそこにある。

志弦は瞼《まぶた》を閉じた。

己のなかの、心の扉が少しずつ開き、魂から湧きでるように躰のなかの音楽がどこかにむかっていく。

今、自分はなにを信じればいい？　どこに進めばいいのか。

この弦、このヴァイオリン、そしてそれまで絶たれていたものがつながっていくのを感じながら、志弦は静かに音楽を奏で始めた。

先ほど、サディクが話していた『歓喜の歌』。左耳は今もまだ聞こえない。永遠に聞こえないままだろう。けれど代わりに聞こえてくる音があった。

あの日の悲鳴。子供たちの泣き叫ぶ声。死者たちの無言の声。そして己の声。

間違いなく自分はサディクを愛しているという実感。愛して、憎んで、どうすればいいかわからなくなってさまよっていた心。

この廃墟に立ち、彼のために『シャコンヌ』を弾いたときの夜の気持ちに立ち戻ることで、自分の本心がようやく見えてきた。

だからこそ奏でられる音楽。ああ、自分はこんなふうにヴァイオリンを演奏したかった、こんなふうに音楽を通して己の心から湧く想いを形にしていきたかったのだと。

演奏を終えると、志弦はふりむき、ハーリドの傍らに立ってじっと音楽を聴いていたサディクを見つめた。

「どうでしたか、私の演奏は」

まっすぐ、素直な眼差しで彼を見ると、その奥にある本心が透けて見える気がした。

いつものようにサディクは無表情の仮面のなかに己の本音を隠している。けれど今の志弦には、彼の心がその眼差しの奥にはっきりと見えていた。

「初めに言っただろう、私はそなたの音楽に救われていると。そなたの音楽を聴いているときに光が見える。自分の歩むべき道を照らす光が」

その言葉が最高の賛辞だった。

「皇子、あのクーデターの日、あなたの裏切りを知った瞬間、私のなかのあなたへの愛はなくなりました。そしてこの廃墟を見てしみじみ思いました。壊れたものを甦らせるのは不可能だということを。もうクーデターの前に戻ることはできない。この街も私も」

「志弦……」

サディクが目を眇める。彼に近づき、志弦はじっとその眼差しを見あげた。夕陽の光がその風貌《ふうぼう》をくっきりと照らしだし、廃墟のなか、崇高なほど彼の双眸《そうぼう》が美しい色に見えていた。

「あの瞬間までは確かにあなたを愛していた。でも愛は憎しみに変容し、あとかたもなく消えてしまった」

その言葉に、サディクはいつものように表情を変えない。

「壊れたものは甦らない。でも新しいものを造ることはできます」

自分の愛した皇子はいなくなったように感じて愛はなくした。だけど。

「白衣の皇子への愛はなくなりました。でも今は黒衣の皇子への愛を胸に抱いています」

「志弦?」

「かつての私は、正義を愛したあなたを愛しました。優しくて、理想を志す真っ白な皇子。そんなあなたがとても好きでした。でも今は違う。私をだまし、その黒衣で本心を隠し、たったひとり、将軍との間で苦悩し、それでも志を貫こうとするあなたを……地獄のなかでもがいているあなたをもっと好きになりました」

サディクは、刹那《せつな》、やるせなさそうに目を細めた。

「……本気で言っているのか」

その問いかけに、志弦はふわりと微笑した。

「明日、即位式で『歓喜の歌』を演奏します。そして将軍のところに行きます。あなたはどうかこないでください。私ひとりで彼を満足させられるよう努力します。そして、そのあと処刑されるにしろされないにしろ、あなたの駒《こま》として生きていきます。黒衣の皇子への愛に殉ずることができるのなら本望なので、彼のもとであなたのために生きていきます。ですから、どうか私を利用して、踏み台にして、理想の国家を造りあげてください」

死んだ愛が別の形で生き返っていく。失ったものは戻らない。でも人間が生きているかぎり、新たにいろんなものが生まれていくのだと感じた。

「……やはりそなたを選んで正解だったようだな」

その言葉はいつもどおり、淡々としていた。けれど声音の奥に、やりきれなさと切なさが感じられるのは、自分の勘違いでないはずだ。

「ええ、私は……必ず将軍を喜ばせますから」

「本気か」

「二言はありません。どうか私を利用して。私はあなたがいかに忠実で、いかにすばらしい参謀になれるか、それを証明する勢いで、将軍を喜ばせてみせます」

イスハーク。

彼の歪《いびつ》な劣等感と愛情――サディクへのどうしようもない愛憎が、彼の残虐性を助長しているように思う。

だからこそそれを取り除くことができれば。それはサディクを愛している自分にしかできないかもしれない。そんな気がしてきた。

8　歓喜の歌

その日、青々とした蒼穹《そうきゅう》が、砂漠の国を晴れやかに包みこんでいた。

「本日よりファラージュは新たな国王とともに歩み始めることとなった。限りない資源、文化遺産のある輝かしい国として栄えるよう、国民全員で一丸となって突き進んでいきたい。私はその礎《いしずえ》となりましょう」

華やかな軍楽隊の演奏。祝砲。

それから子供たちによる、荘厳なまでの国歌斉唱……。

旧市街の中心地にあった王宮を新たな拠点とするべく、その竣工《しゅんこう》式を終えたイスハークは、軍隊に囲まれ、軍馬に乗って街の広場にむかう。

そこにいた国民の間から割れんばかりの歓声があがった。

カーキ色の軍服の上に、ファラージュの青空のような瑠璃《るり》色のマントをはおり、群衆に手をあげて挨拶《あいさつ》するイスハーク。

その背後にサディクの姿はない。

国民の前に彼が現れると、反体制を支持する者たちの心を扇動しかねないとして、彼は夜の各国大使の列席するパーティまでは、公の場に参加しないことになっている。

そのため、セレモニーの行われている広場の真裏にある王宮内の控え室で待機することになっていた。

志弦は、タキシードを着せられ、スタッフのなかに加わっている。

このあとのセレモニーのひとつで、新国王を祝福するための『歓喜の歌』を演奏することになっていた。

まだ時間に余裕があったので、練習がしたいと言って志弦は控え室へとむかった。

「二時間ほどここで待っていてください」

係の者にそう言われ、楽器の手入れをして準備をしていると、アリーがこっそりと現れた。

「志弦さま、少しいいですか」

「ああ」

「皇子が処刑されることになったというのは、ご存じですか？」

「え……」

「彼を国王にという声が大きくなってきて……それで将軍が今夜のうちに暗殺する計画を立てています。彼は以前にいた離宮につながれています」

「そんな……まさか」

とっさに志弦は王宮を抜けだし、以前に彼を訪ねたときに使った地下水道から建物へとむかっていった。すると、そこの広間にサディクがつながれていた。両手を広げた格好で、壁に手を固定されて。

警備兵は建物の外にいるため、大丈夫だろうと思って志弦はサディクに近づいていった。

「サディク皇子……どうしてこんなことに」

「会いに……きてくれたのか」

「当たり前じゃないですか。アリーから、あなたが処刑されると聞いて」

志弦の言葉に、サディクは淡く微笑した。

「運命だ。これはそなたを傷つけた罰かもしれないな」

「え……」

「結局、イスハークは私を信じることはなかった。国の安定のため、私は死ななければならないのか」

「そんな……」

サディクはまっすぐ志弦を見つめた。その眸は、以前の優しい彼でも、冷ややかな彼でもなく、ただ赦しを乞う孤独な男のそれだった。

「すまなかった、志弦。そなたをひどく傷つけるようなことをした。あんなことを強要しておいて……今さらだが、すまなかったと最後にわびることができてよかった」

「皇子……」

天窓からの光に照らされた切れ長の双眸。限りないあたたかさを湛《たた》えているように感じられ、胸が切なくなる。

裏切り者の、卑しい心をもった皇子だと軽蔑《けいべつ》したこともあった。

けれど、違う。そうしなければどうしようもなかったのだということが今ならわかる。

「志弦、演奏したあと、そのまま、日本から、ＯＤＡのためにきている商社のブースに行くんだ。そこの社長は、まだ二十代後半の話のわかる男だ。きっとそなたをこの国から逃がしてくれる」

「私が逃げたらあなたはどうなるんですか」

「いずれにしろ処刑される。それはそなたとは関係なく、イスハークにとって、結局、元国王の血をひく私が邪魔だったからだ。だからそなたは逃げなさい」

「そんな……今さら……そんなこと。あれだけ私に……」

イスハークは……愛憎の果てに、憎しみを貫くことを選んだのか。バカなことを。そんなことをしたら、きっと彼は後悔するのに。

「そなたを本気で渡す気はなかったと言っても信じてもらえないかもしれないが、調教すると称して、何度もそなたを抱いたのは私のエゴだ」

「え……」

「ただそなたを抱きたかったから、抱いただけだ。いずれ逃がすつもりだったと言っても信じないかもしれないが」

意味がわからない。サディクはでは……自分のことを……。

「サディク皇子……」

わからない、なにを考えているのか。なにをどう言えばいいのかわからないでいたそのとき、アリーが建物のなかに入ってきた。

「志弦さま、そろそろ戻らないと衛兵の交替の時間です」

「でも……彼をこのまま置いて逃げることは」

「逃げなさい、志弦。演奏を終えたら、すぐに日本の商社のところに」

サディクが言いかけた言葉を、しかしアリーがさえぎった。

「待ってください、皇子。それでは、あなたはそのまま殺されてしまいます」

「いいから、言うな、アリー」

サディクがいさめる。

「いいえ、言わせてもらいます。志弦さま、どうか皇子を助けてください。この国の国民のためにも、皇子を」

「助けてと言われても、私には」

「将軍の薬指にはめられている翡翠《ひすい》の指輪を奪ってください。その指輪に皇子の命がかかっているんです」

「え……」

「皇子の耳に埋めこまれたピアスは小型爆弾です。盗聴器ではなく。あの翡翠の指輪が起爆装置。外そうとしても爆発するようになっています。意味はわかりますね？」

「そんなことが」

指輪……それを奪いとる。

そのとき、刺し違えても、褥でイスハークをこの手であの世に送ることはできないか。

そんな想いが蕩々と胸に衝きあがるのを感じながら、志弦はサディクの前に立ち、アリーがいることも無視して彼にキスをした。

「私が褥に行き、翡翠の指輪を奪いとってきます。だから待っていて」

「だめだ、そなたを危険にさらすことはできない。だいいち、褥に行くということはどういうことなのかわかっているのか」

「当たり前です。あなたから教えられた技術で彼を喜ばせ、安心させ、指輪を奪いとってきますので」

そう言ったとき、志弦ははっとした。そうだ、その前にもっと確実に指輪を手に入れるチャンスがある。果たして成功するか否か。だが成功したときはこれほど確実なことはない。

——私の実力次第だ……何とかやってみせる。そのために私はヴァイオリンを弾いてきたのかもしれない。このひとの命を救うために……。

志弦は顔をあげ、アリーに声をかけた。

「アリー、いい考えがある。私の話を聞いてくれ」

サディク……よかった。彼が昔のままの心をもっていて。

だからこそ、彼を助けなければ。華やかな催しが続いていくなか、志弦が演奏する番になった。

あの日のことを思い出す。前国王の誕生祝賀会で、サディクに聞こえるようにと奏でた無伴奏パルティータ――『シャコンヌ』。

あのときは幽閉からサディクが解き放たれることを祈って、収容所でもがき苦しみながら、飛び立とうとする人間の心の苦悩を演奏しようとした。

けれど今夜は違う。

今夜は、彼の未来、彼が必ずこの国の王位につくときがあるはずだと信じて、そんな彼と出逢えたことの喜びを。サディクのために。彼が求めている国の未来を祈って。

演目は、ベートーベンの『歓喜の歌』。

本来は歌のパートだが、ヴァイオリンでその主旋律をアレンジして演奏する。

自由への喜び。イスハークは異文化であるキリスト教国の音楽をあえてこの場で演奏させ、ファラージュが開かれた国であることを世界に証明しようとしている。

だがそんなパフォーマンスのために弾くのではない。

あの歌詞のままの気持ちで弓をとる。

おお友よ、このような音ではない
私たちはもっと心地のいい歓喜の歌をあふれさせよう、喜び、喜びで
ひとりの友の友となるという、偉大なる成果を手にした者
優しさをもった妻を手に入れた者は、喜びの声を合わせよう
そう、この地にたったひとりでも、己の心を分かちあうことができる魂がある
そう口にすることができるものだけで喜びの声をあげよう
そしてそれができない者は、涙を流しながらこの輪から立ち去るがいい

一生に一度の音楽として彼に捧げる。

あふれるように、ヴァイオリンの音が響き渡った。

目を瞑《つむ》れば、新市街の廃墟。クーデターの日の怖ろしかった光景。

サディクがきっとその世界を平和な世の中にしてくれると、自分に夢を語ってくれたそんな日がやってくると信じて。

こんな演奏が本当にできるのかと思うほど、美しく凛然《りんぜん》とした音楽がセレモニー会場に響き

渡っていく。平和への祈り、そして誰かへの愛のために演奏することが自分の力を何倍にもしてくれると初めて知った。

耳の障害、つまらない過去へのこだわりはもうない。そして演奏が終わったとき、嵐《あらし》のような喝采《かっさい》が起きた。

群衆のなかから湧き起こる歓声。

ああ、人の心に響いたのだという実感を得たそのとき、イスハークが近づき、志弦に言う。

「すばらしい演奏だった。そなたに我が国の国籍をさずける。一流のアーティストとしてこの国に貢献してくれ。欲しいものを褒美として口にしろ」

テレビのカメラがむけられている。生放送。確かめているのだろうか。ここでサディクの自由を願い出ることを。

そうすれば、全国、いや、全世界に、サディクの自由は、イスハークによって与えられたことが知れ渡る。それはつまり……彼の立場がイスハークよりも低いと知らしめること。場合によっては、なぜ彼が捕らえられているのか、理由を問う国や政治家も出てくるだろう。そのとき、反逆の疑いがあったから……と答えれば、誰もイスハークを責めない。それどころかサディクに対して、国家転覆の野望をもった男というレッテルが貼られてしまう。

——だめだ、慎重にならないと。それよりも今すべきことは……。

志弦は、さわやかに微笑した。その姿をテレビカメラが捉えている。そしてふたりのまわりには、国家の要人と各国の大使たち。

「ありがとうございます。それでは、どうかお約束のものを私にください」

「約束のもの？」

「その翡翠の指輪です。この国の自由と繁栄の象徴、ファティマの手が刻まれた指輪をどうか私に下賜してください」

イスハークが目を眇める。

ふたりの間に走る一瞬の緊張感。大衆とテレビカメラが見ているなか、彼はふっと淡くほほえみ、志弦に指輪を手渡した。

「ありがとうございます」

跪《ひざまず》き、志弦はイスハークの手にくちづけした。

今しかない。この時間しか。

席に戻った志弦のもとにアリーが近づいてくる。セレモニーのときにスタッフの席にまぎれこんで欲しいとたのんでおいたのだ。

さりげなく指輪を渡す。これで彼の起爆装置は解除できるだろう。セレモニーの間に、サディクのピアスを外すことができれば……そんな思いで。

「……志弦、こちらにきなさい」

軍楽隊の演奏が終わると、続いて国民達の大道芸に似たダンスやパフォーマンスが行われることになっていた。

それを見学する気がないのか、イスハークは志弦を連れて王宮内の一室に入っていった。

「しばらく休憩をとることにした。このあと、午後の祈りが終わった時間に、国王の本格的な即位の儀式が行われる。前座の間に休んでおかないと身がもたないからな」

翡翠の指輪をとり戻そうという気ではないだろうか。

志弦は、あらかじめそうなっても大丈夫なようにとアリーが用意してくれた偽物の指輪をわざと薬指につけていた。

イスハークはそれをちらりと一瞥《いちべつ》し、さぐるように問いかけてきた。

「なぜその指輪を求めた？」

「あなたの持ち物のなかで、他に欲しいと思ったものがなかったので」

「サディクの自由を望むと思ったが」

「彼は、政治的な理由があって捕らえられている男ではありませんか。そんな男の自由をあんな公式の場で訴えれば、この国が未だ内乱状態にあるのではないかと世界に疑われる可能性があります」

志弦の返事に、イスハークは、ハハ……と声をあげて笑った。なにがおかしいのか、彼の笑い声が不気味なほど大きく反響する。

しばらく笑うだけ笑ったあと、イスハークは気を取り直したように言った。

「志弦、すばらしい演奏だった。おまえに惚《ほ》れたサディクの気持ちがよくわかる。あいつは昔から教養に満ち、誰よりも優れた男だった。彼が望むものは一流のものばかり。だから俺はあいつが欲しがるものが欲しかった」

大理石の部屋の中央、イスハークはソファにゆったりと座って言った。

「……おまえ、俺の愛人になるという約束だが、サディクへの愛ゆえにその身を捧げようという気になったのか」

冷ややかな翳《かげ》りを宿らせた眸。志弦を一瞥すると、彼は手にしていた大きな額のようなものを円卓の上に置いた。それはサディクとイスハークの士官学校時代の写真だった。

ふたりとも軍服を身につけ、銃剣をもって佇《たたず》んでいる。

「このときからずっとそうだ。サディクはいつも俺の前を歩き、いつも誰からも愛され、すべてにおいて優れていた」

写真に写ったふたりの姿を斜めに見下ろし、イスハークは円卓に置かれていた葡萄酒《ぶどうしゅ》の瓶に手を伸ばした。コポコポと音を立てて深紅の葡萄酒を写真の上に落としていく。

「おまえはどう思う。俺とサディク、どちらが優秀だと」

「人間に優劣をつける必要があるのでしょうか」

「サディクもよくそう言った。おまえとあいつは容姿はまったく違うが、本質的な部分でよく似ている。だから惹かれ合うのだろう。違うか？」

「ええ。と言ったら、どうされますか？」

「だから俺はおまえが欲しいんだ。サディクの愛したもの、サディクと似た魂をもったもの。おまえを支配できれば、そのときこそ彼を超えられる。違うか？」

「気づいてました。あなたのその気持ちに。彼を殺したいほど憎みながら愛している。愛しながら、殺したいほど憎んでいる、その矛盾に満ちた感情」

「おもしろいことを言うな」

「私も同じですから」

じっとイスハークの目を見つめて言う志弦に、彼はふっと心地よさそうに嗤った。

「サディクが惚れただけのことはあるな。誰もが恐れて口にしないことを堂々と口にする。だからこそ、あの男はおまえを必要としたか」

「でも私はあなたのものです」

「俺のもの？」

「ええ、どうぞ私をお好きにしてください。私はあなたにお仕えする覚悟でいます。性奴隷として満足して頂くよう努力します。サディクへのあなたの執着、その激しい恋心を捨てて頂くためにも」

「恋心だと？」

「はい」

志弦は癖のない長めの前髪のすきまからイスハークをじっと見据えた。

ふっとイスハークが冷笑を浮かべる。

「バカな。そんなことあるわけがない。それよりも、即位式までの間、そなたに愛人として楽しませてもらおうか。この部屋の様子は、サディクが捕らえられている広間のモニターに映しだされている。おまえが俺を楽しませる姿を彼も眺めることができるのだ」

この男、どこまで歪《ゆが》んでいるのか。でも絶対に負けない。サディクの命、それからこの国の未来のためにも。

覚悟を決めていたことなので、志弦は動じることなく、彼の前に行き、襟元のタイに手をかけた。

「待て。俺が脱がせる」

すっとタイをひきぬかれる。はらりと襟が開き、なかからこぼれた白いシャツのすきまにイスハークの手が入りこんできた。

「心地よい素肌の感触だ」

指先が胸の突起に触れる。

志弦は反射的にぴくりと躰を震わせていた。乳首を潰され、これまで感じたことのない戦慄《せんりつ》が背筋をかけのぼっていく。

「……っ」

「口ほどにもない。これくらいで怖じ気づくのか」

「…まさか……」

口籠もったそのとき、乳首を指先で強く揉み潰され、腰のあたりに広がった奇妙な感覚に志弦は息を呑んだ。

「どうして！」

「ここが好きなのか。以前、サディクと指を絡めて弄《いじ》ってやったが、あのときよりもずいぶん腫《は》れたように膨らんで。サディクにさんざんかわいがられたのだな」

胸の粒は指先で捏《こ》ねられるうちにぷっくりと膨らんでいく。

「あ……っ」

円を描くように胸の突起を押し潰され、おぞましいのに体が反応してしまう。

「いやらしく形を変えてきたな」

そう言ってイスハークが胸に顔を埋めてきたそのとき——。

「……っ……いやだっ！」

とっさに志弦は全力でイスハークを突き飛ばしていた。

——しまった……つい。

するとそれまで悠然としていた男が怒りをあらわにする。

「……っ……いやだということか」

荒々しくイスハークは志弦の髪をわし摑んだ。

「しおらしくしているかと思えば、この態度、サディクにはあれほど嬉しそうに抱かれていたくせに、俺には触れられただけでこれか。そなたとサディクには、少し思い知らせる必要があるな」

刃のような視線に睨《ね》めつけられたかと思うと、ドンと床に投げ倒される。

「サディクの見ているモニターの前で、おまえを穢《けが》す。それが俺の最大の喜びだ」

イスハークがテーブルの鈴を鳴らしたそのとき、部屋に四人の軍服姿の屈強な男性が入ってきた。

「俺の親衛隊だ。このあと、順番に彼らにそなたを味わわせる」

「……っ」

四人の男の相手を？

「ではその前にそなたを淫乱《いんらん》な獣にしてやろう」

イスハークは懐から小さな瓶をとりだした。志弦は蒼白になった。

「それは…」

「初日にそなたがサディクから与えられた秘薬だ」

親衛隊が志弦の肩を摑み、イスハークに命じられるままズボンや下着を剝いでいく。裾《すそ》をまくりあげられ、ズボンを下ろされた。下肢があらわになる。

「さあ……サディクをさんざんうけいれたここで、他の男たちを喜ばせるんだ」

容赦なく双丘を大きく広げられ、奥の一点に指先が触れる。長い指に入口の襞《ひだ》を広げられ、内部に異物が埋められていくのがわかった。

「あ……あ……」

冷たく、ひんやりとした秘薬。しかしじわじわと粘膜に溶けるや否や、そこがどうしようもなく熱くなり、全身がわななき、下肢に激しい火照《ほて》りを感じた。

「く……っ……な……っ……」

燃えるような熱。体内を何かが這《は》っているようなむず痒《がゆ》さを覚える。肌が上気し、汗がにじむ。

唇から鉄分を含んだ苦味が口内に広がっていく。

「すごい……もう前からこんなにとろとろの雫《しずく》が出ているぞ」

「く……っあっ、あぁ」

粘膜がじんじんしている。

熱くてどうしようもない胸を指で、先端を舌先で同時につつかれる。たちまち下腹の奥がきゅんと疼《うず》き、後ろの粘膜がむず痒くてどうしようもなくなっていく。

「ん……っ……いやだ……やめ……っ……あぁ……あっ……なっ」

どうしよう。苦しい。もうだめだ。

そう思った刹那、外で激しい爆音が響いた。

瓦解していく城壁。慌ただしいヘリの音。響き渡るサイレン。なにが起きたのか、はっとしてイスハークが動きを止める。

「どうした、なにがあったんだ」

窓ガラスのむこうに、燃え上がる焔が見える。

激しい銃撃戦の音。外からは大勢の人間の悲鳴。次の瞬間、王宮のなかに突っこんでくる大型の装甲車があった。

あたりの木々を粉砕し、王宮にむかって突進してくる。荒々しく立ちこめる煙。激しい破裂音や建物が崩れていく音。

続いて激しい爆音が炸裂《さくれつ》する。

爆風をうけたようにガラスが飛び散り、バラバラと音を立てて降ってくるのが志弦のいる場所からでも見えた。

ぱっと窓から吹き出す焔にあたりが騒然となったそのとき。

——……っ！

手首の拘束がゆるみ、イスハークから逃れるように志弦は窓に近づいていた。だが、再びイスハークに腕を掴まれてしまう。

「逃げる気か」

「違います、なにが起きたか確かめに」

今もまだ爆発は続いている。一体なにが起きたのか。

「伏せろっ、装甲車のミサイルがこちらにむけられているっ！」

そこにいた兵の一人が叫んだ。次の瞬間、激しい爆音が炸裂した。

フラッシュが一斉にたかれたように視界が眩《まぶ》しくはじける。

階段が崩れ落ち、強い爆風をうけたイスハークの躰が目の前まで飛び、志弦の躰も吹き飛びそうになったそのとき、後ろから支える腕があった。

「う……っ」

ぱらぱらと頭上から降ってくる瓦礫から、志弦を懸命に守ろうとする腕、はっとしてふり返ると、黒衣の男が志弦を後ろから抱き留めていた。

「サディク……」

「助けにきた。さあ、むこうに」

「皇子……一体なにが」

「クーデターを起こした。そなたのおかげでピアスを外すことができ、あらかじめ打ちあわせたとおり即位式に集っていた山岳民族やイスハークに反対する勢力との作戦がうまくいった」

志弦を抱きしめ、その場からサディクが出ていこうとしたとき。

「サディク……おまえ……やはり俺を裏切ったのか」

壁にぶつかり、あちこち負傷して倒れていたイスハークが床に手をつき、半身を起こす。そして胸から出したデザートイーグルの銃口をイスハークはぴたりとサディクにむけた。四四口径のマグナムが入ったイスラエル製の銃。距離はわずか数メートル。イスハークがそのトリガーをひいたが最後、サディクの命はこの場で消えるだろう。

「撃てるのか、イスハーク。あなたに私が」

その銃をもつ男の目を見つめるサディクの横顔。

昏《くら》い双眸に射貫かれ、イスハークは金縛りにあったように硬直した。

底なし沼、漆黒の淵に呑みこんでいくような、不吉さを孕《はら》んだサディクの眸。そこには、以前に彼がイスハークに抱いていた友愛の情はない。どこまでも冷ややかで、遠いものを見るような眼差しになっていた。

「イスハーク、本当はあなたを信じたかった。だが、あのアメリカの企業家たちと人身売買をしようとしていたテロ集団の口から、あなたの名が出たとき、私は叛乱を起こす決意をした」

「サディク……俺は、この国には軍資金が必要だと思って。欧米に負けないためにも、他のアラブの国々のように、革命が起きないようにするためにも」

「だから、国民を海外に売り渡すのか？　彼らの臓器を売るつもりだったのか、なにをするつもりだったのか知らないが……少なくとも、私が支援しようとしていたそなたは、そんな卑怯《ひきょう》なことをする男ではなかった。いつ、そんな男に堕ちたんだ、あなたは」

「では、おまえが王になってみろ、サディク。権力を手にしたら、俺の孤独がわかるだろう。多くの者に裏切られ、誰も信用できない。親友だったおまえすら、こうやって俺を裏切ったではないか」

「私は裏切ったのではない。裏切ったのは、あなただ、イスハーク」

「な……」

「あなたが私に不信を抱いたとき、いや、国王の息子たちの命を救う代わりに、私の愛する者を与えろと言ったときから、あなたは、孤独な地獄に堕ちてしまったのだよ」

「おまえが悪いのだ、前国王の息子の命乞いなどするから。代償として、おまえが一番大切にしているものを引き替えにしてもらわないと、俺はおまえを信じることはできなかった」

「そんなものがなくても、信じてもらいたかった」

前国王の息子たちの命乞い。

では、あのクーデターのとき、サディクの態度が急変したのにはそんな理由が？　早く王宮を出ろ、その一点張りで。通行許可証、それからわざとひもをゆるめてあったことにずっと疑問を抱いていたが。

「サディク、おまえもわかる。国王になってみろ」

「いや、私には生涯あなたの気持ちはわからないだろう。私は、なにがなくとも信頼できる人間がいる。私に裏切られ、残酷な扱いをうけながらも、私の本質を見抜き、愛を貫いてくれた人間がいる。だから、私はあなたのようにはならない」

愛を貫いて……。刹那、志弦は胸の奥が疼くような錯覚を覚えた。

「く……その男か。その男の愛があるから……おまえは俺に勝ったというのか」

カチャリとイスハークがトリガーをひく。

しかしすべてを見透かしたような眼差しのサディクは、突きつけられたままの銃口を恐れていない。しかし次の瞬間、かすかな異変に気づいた。

「……っ」

志弦は息を詰めた。

イスハークのむこうに殺気を感じたからだ。見れば、柱のむこうに複数の軍人が立っていた。

「いいな、大丈夫だ、じっとしてろ」

サディクに囁《ささや》かれ、志弦は息を潜めてうなずいた。

鼓動が激しく脈打ちそうになる。しかしその次の瞬間、銃をもった軍人たちはイスハークを取り囲んだ。

「将軍、国家への裏切り行為、アメリカ企業と組み、我が国の民衆を売り渡そうとした罪は重い。あなたを逮捕します」

軍服姿の将校がその前に立つと、イスハークの手から銃が転げ落ちていく。

「さあ、志弦はこちらへ」

装甲車の後ろに隠れていた軍用車に案内される。そのままリアシートに滑りこむと、サディクから白い錠剤を手渡された。「秘薬を中和させる薬だ」と言われ、口に含む。

――よかった、これで体の疼きから解放される。

サディクの乗った車が王宮の外に出たとき、志弦はそこに集まった大勢の各部族や軍隊、さらには群衆たちの圧倒的な多さに驚愕《きょうがく》した。

「国王万歳、サディク国王万歳」

どこからともなく聞こえる声の響き。大地を揺るがすほどの……。

その瞬間、彼はこのときを待っていたのだ、だから今日まで耐えてきたのだということに気づいた。

鼓動が高鳴る。ついにこのときがきた……という興奮に志弦の全身は震えた。

「即位するんですね、国王に」

見つめると、彼の漆黒の双眸がわずかに細められた。揺るぎのない決意、迷いのない意志。そして彼からの深い感謝の想いが伝わってきた。

「さあ、どうぞあなたがあなたらしくいられる場所に戻ってください。あなたを必要としている人々のために」

祈るように告げると、サディクはその腕を志弦の背にまわし、骨が軋《きし》みそうなほどの強さで抱擁してきた。

その腕の感触。ぬくもり。多くを語らないこの男の想いのすべてが、そこからあふれてくる気がしてきて胸が切なくなった。

「行ってくる」

サディクはそう言うと、車の外に出た。

「そなたはここで待っていてくれ」

大勢の民衆の歓呼の声。

サディクが用意されていたハーリドに乗って街の広場に集まると、そこにいた国民の間から割れんばかりの歓声があがる。

漆黒の優雅なアラブ服を纏《まと》った正当な王位継承者。

その背後には各部族の首長の姿。

にこやかにほほえみ、手を伸ばしたサディクの前に跪き、各首長がうやうやしくその手の甲に口づけして忠誠を誓っていく光景。

ああ、ここに本物の国王がいる。この日、こうなる瞬間のためにこれまでのすべてがあったのだという実感が胸を熱くしていく。

遠くから眺めるうちに、志弦の眦《まなじり》から涙が流れ落ちていった。

よかった、このひとが国王になってよかった。偽りの仮面をかぶり、心の奥底を隠してきたこのひと。その偽りの姿を憎もうとしても、どうしても胸に芽生えた愛しさを捨てることができず……憎みながら愛してきた。

そしてこのひとのために、イスハークのもとにいこうと決意したが……そうならなくてすんだことへの安堵《あんど》と同時に、今日までこのひとのそばにいられてよかったという喜びが志弦の胸に広がっていく。

人々の喝采のなか、サディクの表情はすでに国王としての気品と自信に満ちている。

澄み切った蒼穹のなか、あざやかな陽射しを受け、サディクの黒衣がこれ以上ないほど煌《きら》めいて見えた。

この国の光に満ちた未来のように。

エピローグ

アザーンの響きが街中に流れたとき、雲の切れ目から幾重にも重なったオレンジ色の光の筋が古いダーナの街に降り注いでいた。

椰子の木の葉が夕陽を反射し、赤茶けた煉瓦《れんが》造りの建物をきらきらと煌めかせている。

一晩中、音楽が鳴り響くにぎやかな広場で、人々の輪に入りこんでヴァイオリンを演奏していると、黒い美しい馬に乗った黒衣の男が近づいてきた。

ざわりと広場に広がる驚きの声。

「『ツィガーヌ』を演奏してくれないか」

広場の地面に大きな濃い影がくっきりと伸びていた。乱れた前髪を掻きあげ、逆光に目をこらしながら視線をむけた先に長身の男が佇む。

突然の王の出現にあたりがざわめくなか、明かりに灯された男の風貌を確かめ、志弦は目を細めてほほえんだ。

「皇子……いえ、国王、こんなところにきていいのですか」

彼が国王に即位して三カ月が過ぎた。

軍は制圧され、人々の暮らしは元に戻り、ファラージュの治安はずっとよくなり、昔のように国際的な開かれた国となっていた。

イスハークは逮捕され、そのまま収容されることとなった。

アメリカの企業家たちとの武器や人身売買の怖ろしい実態や劣化ウラン弾の人体実験の話などが明らかになり、それをサディクが食い止めたということで、いっそう彼の国内での支持があがり、国際社会からの評価も確かなものとなった。

「たまには、美しい文化に触れたい。そなたは、あのあと全然王宮に遊びにきてくれない。私がどれほど淋《さび》しい思いをしているか」

「それは……」

志弦は視線を落とした。

サディクが国王に即位したあと、志弦は、国の第一音楽家として文化事業を手伝わないかと誘われたが、志弦はそれを丁重に断り、再び動き出した日本人学校で音楽講師をつとめ、新たな学校経営に協力している。

この国と日本とがもっと親交を深め、文化交流ができるようにと。

「志弦、少し話をしよう」

「いいのですか」

「少し時間をもらった。この三カ月間、懸命に国造りに奔走してきた。私にも少しはご褒美が欲しい。愛しい人間と過ごしたくて、今日は国会を休みにしてきた」

サディクは腕を伸ばして、志弦をハーリドに乗せ、広場から離れた場所にある砂丘へとむかった。

どこまでも続く美しい砂漠。

どれほど多くの感情を抱いてこの砂漠を通り抜けてきただろう。

この国にきてからまだ一年にもならない。けれどあまりにもたくさんのことがありすぎたせいか、もう何年もここにいるような錯覚を覚える。

この男の裏切りに、絶望したときのこと、この男を憎いと思って、一晩中、歩いて逃げようとしたときのこと、そしてふたりでハーリドに乗って、遠くまで砂漠を渡ったときのこと。

遠くには緑の濃い峡谷。あのあたりに山岳民族が住んでいる。

彼らとの婚約話は保留になったらしい。そんなことをしなくとも、彼らはサディクに対し、忠誠を誓っているそうだ。

「志弦……そなた、どうして王宮にこない。何度も誘いを送っているのに」

以前にふたりで過ごしたオアシスの近くのコテージまでくると、サディクは志弦を連れてなかに入っていった。

「もう私の役目は終わりましたから」

志弦は静かに答えた。

「そなたの役目？」

「あなたが国王になり、この国が平和になるために支えになると誓いました。もうそれは終了しました」

「それで王宮にこないのか？」

サディクはあきれたように肩で息をついた。

「はい」

「私を赦せないからではないのか？　それなら謝罪しなければと、直接会いにきたのだが」

志弦は大きくかぶりを振った。

「赦すも赦さないも、あなたはこの国のために、私を裏切った振りをしただけというのはわかっていますから。将軍が王族の命と引き替えに、私を欲したとき、あなたは承諾する振りをしながらも、私を逃がすつもりだったはず」

「志弦……そなた、気づいて……」

「クーデターの日、あなたは、何度も私を逃がそうとした。でも運悪く、私が瓦礫に挟まって逃げることができなかった。そのときそのときのあなたの言動や表情を思い出すと、なにが真実なのかは見えてきます。だから謝らなくていいです」

「だが……私は、そなたを偽りの言葉でののしり、何度もその身を……」

その身を……と言われ、かっと頬が熱くなった。

あのときはどうしようもない屈辱に思えていたその行為。しかし今となっては、それを恨む気持ちはなにもない。

それどころか、この世で一番愛しいこの男と、偽りであろうと、まがいものであろうと、蜜月のような時間を過ごせたことをなつかしく感じる。

今、国王となったこの男に対して、そうした時間を望むことはできないし、彼が理想とする国造りのために、志弦のような男性の愛人がいるのは決してよくないと思う。

だから……王宮には行かない。

彼は国賓の芸術家として、そばにいて欲しいと言っているが、この先、国王として家族を持っていかなければいけない彼を近くで見つめるのは辛《つら》い。

国王としての彼を支えたいとは思うけれど……ひとりの人間としての彼が幸せに他の人たちと家庭を造って行く姿を見るのは……とても切ないから。

「国王陛下、あなたはこのあと婚姻をしなければいけません。王家を存続させるためにも。ですから……私のようなものがそばにいないほうがいいと思うのです」

「志弦、言ったではないか。私は誰も娶《めと》る気はないと」

「それはいけません。そんな大それたこと」

「……それでは私が黒衣をきている意味がないではないか。国王になってからも、王族が着る白い衣装は着ないと宣言し、ずっと黒衣を身につけているのだぞ」

　サディクは志弦の腰に腕をまわし、切なげに言った。

「皇子……いえ、国王……それはどういう」

「私は生涯黒い服以外着ないと言っただろう。それはそなたを傷つけたことへの戒め。そしてそなたとこの国を真の平和な国家にしていくための決意。その意味がどうしてわからない。これは私のそなたへの愛の誓いなのに」

「では……私は……」

「ずっとそばにいてくれ。そなたが日本人学校で音楽講師をするというならそれでいい。音楽家として演奏家になりたいというなら支援する。だが、それとは関係なくずっと私の恋人でいてくれ」

　志弦の肩をひきよせ、彼が額にくちづけてくる。

「国王……いけませ……っ」

「私は国王の地位についた。だがそのためにひとりの人間として、愛を求めることを放棄しなければいけないのか？」

「それは……」

「生涯、ふたりでよりそって暮らしていこう。そなたの奏でる音楽を聴き、そなたを愛することができたら、私はどの国の王よりも立派な王になる自信がある。だからいいな？」

彼の言葉に、志弦は瞼に熱いものが溜まるのに気づいた。

潤んだ目で見あげると、端整な風貌をした彼の眸が慈しむように自分を捉えていた。優しく包みこむように。

白衣を着ていたときの優しい彼ではない。憎みながら愛せと言った彼でもない。

「いいんですか、一緒によりそっても」

「ふたりで生きていくんだ。そのため、黒衣を着続ける」

胸が熱くなる。その想いに誓いを立てるように、志弦はサディクの背に腕をまわし、彼の耳元で唇を開いた。

「では、私はあなたのそばで生きていきます」

「愛している。志弦。世界で一番そなたが好きだ。私はそなたの音楽を聴いたとき、この未来を築く決意をした。そなたがいないと今の私はいないんだ」

胸に衝きあがるものを感じ、志弦の眸から涙が流れ落ちる。

「どうしたんだ、志弦」

「そんなふうに言って頂けてどれほど幸せか」

「この程度で幸せか。そなたは、安い男だな。仕方ない、そなたの意識がもっと贅沢《ぜいたく》に、もっと貪欲《どんよく》に変わるよう、今夜は、ここで私が三カ月分の情熱でそなたをかわいがってやる。いいな?」

「……国王……それは……」

「ノーとは言わせないぞ。私は誰も娶る気はないし、そなた以外に恋人を作る気はない。国王に夜の悦びをそなたひとりで提供していくのだ、覚悟しろ」

「……はあ」

「だがその甘く濃密な夜の前に、音楽を聴かせてくれないか」

「国王……」

志弦は最愛のひとにほほえみかける。

「いいな、志弦。ふたりで生きていくために、音楽と愛を私に与えてくれ。生涯、私は黒衣を着続ける。だから……」

サディクの長い指が志弦の眦を優しく拭う。

今日からは、またこのひとのために生きていこうと思った。

愛の証の黒衣を喜びとして。

ふたりで生きていく人生。自分の音楽を聴いてくれたことで彼の人生は変わった。そして彼がその音楽に感動してくれたことで、志弦の人生もまた変わった。

だからこそその変化した先に幸せがなければならないと思った。

クーデターのときに聞こえてきた声の数々。そんな哀しい叫びや慟哭《どうこく》が聞こえない世の中を造るために。

「あなたと一緒に生きていけるなんて……幸せです」

「それは私の幸せだ」

「では、甘い夜の前に……私の音楽を聴いて頂けますか」

「ああ」

「今からあなたへの愛をこめて『ツィガーヌ』と『シェヘラザード』のソロを。それから、あなたが造るこの国の未来のために『歓喜の歌』を」

心をこめて愛するひとのために。

誰よりも人の痛みをわかり、それを乗り越えてきたサディクが造る未来のために。ふたりの幸せのために。

夕陽に暮れていく砂漠。その上空に月がのぼっている。その月まで響くかのように、志弦の弦の音が新たな国家の大地に響いていた。

あとがき

こんにちは&初めまして。この本をお手にとって頂き、どうもありがとうございます。

キャラ文庫さんでの二冊目は、何とアラブ。といっても、書き手が私なのでアラブらしいアラブにはなっていないかもしれません。すみません。

今回の主人公は、感情を表に出さない淋しい砂漠の皇子サディクと、プライドの高い美貌の新進の日本人ヴァイオリニストの志弦。そこに、当て馬のような（？）イスハーク将軍も登場し、調教や砂漠の国ならではの政変やらなにやら……いろいろ交えた話になっています。

一応、表のテーマが皇子から志弦への「調教」なので、濡れ場はけっこう多めだと思います。今回のエロは、書いていてとても楽しかったです。ふだんは無表情で寡黙で紳士的な皇子が、濡れ場では獰猛で荒々しい……要するに「まじめな顔して実は……」みたいな攻にプライドの高い受があれやこれやされながら、そこに切ない想いを抱えていたりするのがどうも個人的ツボなので。裏テーマは「平和な国造り」と、皇子と将軍の妖しくも儚い「友情」です。士官学校で一緒だった親友……ちょっとだけこちらで妄想が膨らみそうになってしまいました。そんなところも話のエッセンスとして楽しんで頂けたら嬉しいです。

今回でアラブものは二度目なのですが、架空の国を舞台にするというのはけっこう大変ですね。異国ものを書くときは、自分の旅行した地への、旅の余韻と情熱のまま書く……というパターンが多かっただけに。前回、他社さんでアラブものを書いたときはトルコに留学中のアラブの王子という設定だったのでイスタンブールという実在の都市がメインだったのですが、今回はまったく一からということで、最初は国のイメージができあがらなくてぐるぐるしてしまいました。最終的に北アフリカの地中海沿岸諸国をモデルにしましたが……その間に本物の国で次々と政変が起きてびっくりしました（実は一年前から手がけていたので）。

イラストのＣｉｅｌ《シエル》先生、素敵なアラブの皇子達、嬉しかったです。キャラの美しさは勿論、色彩の美しさに以前から憧れていましたので、キャラ文庫さんだとカラーの口絵が二枚あると楽しみにしていましたが、表紙も含めて三枚、とても麗しくて感動しました。担当様とサディクの眼差しの色っぽさにいつも惚れ惚れしておりました。本当にどうもありがとうございました。

担当のＴ様、前回に引き続き、今回もたくさんご迷惑をおかけしてすみませんでした。的確にして厳しく、時に優しくアドバイスして頂きまして、感謝の言葉がありません。精進していきますので、どうぞ懲りずに今後ともよろしくお願いします。

読者の皆様は、いかがでしたか？　ハーレクインなアラビアンナイト……というよりは、ちょっときな臭いドラマチックな、でもちょっとエキゾチックでエロスなアラブというのを目指しましたが……そのあたり楽しんで頂けたでしょうか。どうかそうでありますように。よかったら感想などお聞かせください。ではまたどこかでお会いできますように。

華藤《かとう》えれな

この本を読んでのご意見、ご感想を編集部までお寄せください。

《あて先》〒105－8055　東京都港区芝大門2－2－1　徳間書店　キャラ編集部気付

「黒衣の皇子に囚われて」係

■初出一覧
黒衣の皇子に囚われて……書き下ろし

Chara

黒衣の皇子に囚われて

2012年1月31日　初刷

著者　華藤えれな
発行者　川田　修
発行所　株式会社徳間書店
〒105-8055　東京都港区芝大門2-2-1
電話048-451-5960(販売部)
03-5403-4348(編集部)
振替00140-0-44392

キャラ文庫

印刷・製本　図書印刷株式会社
カバー・口絵　近代美術株式会社
デザイン　間中幸子

ISBN978-4-19-900650-0